ÉTUDE

SUR

L'ESCLAVAGE EN ROUSSILLON

DU XIIIᵉ AU XVIIᵉ SIÈCLE

IMPRIMERIE
CONTANT-LAGUERRE

BAR-LE-DUC

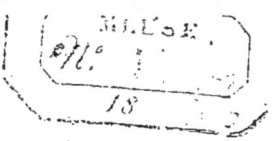

ÉTUDE

SUR

L'ESCLAVAGE EN ROUSSILLON

 DU XIIIᵉ AU XVIIᶜ SIÈCLE

PAR

AUGUSTE BRUTAILS

ANCIEN ÉLÈVE DE L'ÉCOLE DES CHARTES
ARCHIVISTE DES PYRÉNÉES-ORIENTALES

><><

PARIS

L. LAROSE ET FORCEL

Libraires - Editeurs

22, RUE SOUFFLOT, 22

—

1886

Extrait de la *Nouvelle Revue historique de Droit français et étranger*.

ÉTUDE

SUR

L'ESCLAVAGE EN ROUSSILLON

DU XIIIe AU XVIIe SIÈCLE

Si l'histoire proprement dite du Roussillon a été l'objet
d'investigations sérieuses et suivies, il n'en est malheureusement pas de même de l'histoire des lois et des usages de cette
province. On ne sait point encore quelle était au moyen âge
dans la région la condition des personnes ou des terres, et il
n'a même pas été publié sur ce point de travaux de détail, si
l'on excepte toutefois les mémoires où Fossa fit preuve, au
siècle dernier, d'une érudition si vaste, d'une connaissance si
approfondie des auteurs et des documents du pays. Et cependant, dans bien peu de contrées les coutumes peuvent inté-
resser le chercheur à un aussi haut degré que les coutumes
du Roussillon, où se combinent, dans des proportions varia-
bles suivant les époques, le droit français et le droit espagnol.

C'est au droit espagnol que ces usages empruntèrent sans
nul doute leurs dispositions relatives à l'esclavage ; car si l'on
cite dans le midi de la France quelques ventes de captifs
maures, ce sont là, si je ne me trompe, des faits exception-
nels que les autorités toléraient, mais que la loi ne recon-
naissait point (1).

---

(1) J'ai puisé presque tous les éléments de l'étude qui va suivre dans les
registres de notaires des archives départementales, dont la série remonte jusqu'au XIIIe siècle. Parmi les actes que je cite, un grand nombre, et des plus
intéressants, ont été recueillis par M. de Bonnefoy, qui a bien voulu m'au-
toriser à en prendre connaissance.

J'ai dû recourir aussi aux recueils de lois et de jurisprudence du pays ;
mais ces ouvrages, dus à des commentateurs qui ramènent tout au droit romain, ne nous apprennent pas grand'chose en somme sur les usages locaux.

Les esclaves s'appelaient en Roussillon *sclavi, captivi, servi, sarraceni* et très rarement *forsani;* en catalan on disait plutôt *sclau* ou *catiu. Servus* désignait exclusivement un esclave; car le serf n'existait point en droit catalan; les individus dont la condition se rapprochait le plus du servage étaient dits *homines proprii et solidi, amansati et abordati.* Quant à *sarraceni,* ce terme est surtout usité dans les premiers temps et au sud des Pyrénées; par la suite il fut appliqué à l'infidèle, au païen, quelles que fussent sa condition sociale et sa⬛tionalité.

L'existence de l'esclavage en Roussillon tient à des causes multiples, au premier rang desquelles il faut placer la situation géographique de la province. C'est seulement dans les pays en contact avec la race africaine, sur les côtes de la Méditerranée et en Espagne, que l'on rencontre des esclaves dans l'Europe féodale.

Il est à peine utile de rappeler quelle haine la chrétienté du moyen âge professait contre les Musulmans et qu'elle les considérait comme des hommes de nature inférieure; la poésie n'a fait qu'exprimer en termes violents les idées qui avaient cours aussi bien parmi les juristes que dans les rangs des chevaliers. Or, la piraterie, la guerre de course et surtout les relations commerciales avec les marchands d'esclaves de l'Orient n'ont fourni aux Catalans que trop d'occasions de faire l'application de ces théories. On ne peut guère s'en étonner d'ailleurs quand on voit un roi d'Aragon proclamer que les Sarrasins et autres gens de cette espèce sont de par le droit naturel voués à la servitude (2).

La persistance des lois gothiques et surtout la prépondé-

---

(2) Provision royale donnée à Naples, le 12 juillet 1445, par laquelle Alfonse d'Aragon déclare que le procureur royal doit connaître des cas relatifs « naufragiis ac Sarracenis vel aliis hominum generibus servituti ex natura subjectis et ad ipsum regnum aliquo casu declinantibus » (Arch. des Pyrénées-Orientales, B. 280, fº 12). On admettait aussi quelquefois que ces hommes avaient été créés libres, mais qu'ils avaient perdu leurs droits à la liberté par leurs péchés : « Homines quos natura ab inicio liberos protulit et postea jus gencium, propter eorum culpas, servitutis substituit jugo. » Cette théorie est exposée dans l'acte d'affranchissement d'un Éthiopien par un meunier de Perpignan, en date du 11 avril 1466 (Bernard Ça Torra, notaire).

rance à partir d'une certaine époque du droit romain ont contribué dans une large mesure au développement de l'esclavage. C'est au xive siècle surtout que la connaissance des compilations de Justinien se répandit en Roussillon, à la suite de la fondation de l'Université de Perpignan, en 1349 ; or, nous constatons qu'à cette époque le nombre des esclaves s'accrut dans des proportions étonnantes. Les formules dont les notaires se servaient pour la rédaction des affranchissements sont en grande partie tirées du Digeste.

Il faut ajouter enfin que les Catalans, comme tous les Espagnols, partageaient, jadis, les répugnances des Orientaux à l'égard du travail. Une race aventureuse et guerrière, un peuple de marins et de soldats, habitué au bien-être grâce à la merveilleuse fécondité du sol, trouvait très commode de laisser à une classe de parias les labeurs pénibles. Or, le servage n'attachait pas à la glèbe les familles de laboureurs ; à défaut de serfs, les Roussillonnais employèrent des esclaves. En 1384, les députés de Perpignan aux Cortès de Monzon représentèrent au roi d'Aragon que nombre de propriétés étaient en friche et que les vivres commençaient à manquer ; ils attribuaient cet état de choses aux exigences des travailleurs de terre et au voisinage de la frontière, qui rendait si facile la fuite des esclaves (3).

Toutes les classes de la société admettaient l'esclavage : les hommes de lois (4) comme les hommes d'épée (5), les

(3) Archives municipales de Perpignan, *Livre des provisions*, f° 37.

(4) Le 8 juillet 1368, Raymond Serda, juriste de Perpignan, vend à Pierre Vallespir, curé de la même ville, une esclave tartare, nommée Lucie, pour 25 livres barcelonaises de tern (Manuel de Bernard Pastor, n° 4632).

(5) Le 22 décembre 1371, Marie, veuve d'André Giter, chevalier, vend à Raimond Gitard, de Fitou (en France), une esclave grecque, du nom de Marie, pour le même prix que ci-dessus (Notule de Jacques Molines, n° 446, f° 40).

Le 11 avril 1415, Guillaume de So, vicomte d'Evol, vend à un épicier de Perpignan, pour 60 livres et demie de Barcelone, une esclave éthiopienne, baptisée, âgée de 30 ans et appelée Anthonia (Manuel de Pierre Baseli, n° 1723).

Le 3 août 1416, Anne, femme du damoiseau Saguer de Perapertusa, achète pour 49 livres un esclave noir appelé Barthélemy (Ferréol Bosqueros, notaire).

prêtres (6), les moines (7) et les religieuses (8) aussi bien que les marchands. Dirai-je que les Templiers et les chevaliers de Saint-Jean achetaient des sarrasins? C'est chose toute naturelle (9). On pourrait croire que les évêques du moins ont réagi contre ces usages dégradants. Il n'en est malheureusement pas ainsi (10).

(6) Le 3 octobre 1371, Bernard Hayona, prêtre de Castellon d'Empouries, achète pour 30 livres une esclave blanche tartare, baptisée Marthe (Notule d'André Romeu, B. 124, f° 29, v°).

Le 4 décembre 1422, Jacques Jaubert, curé de Villeneuve-de-la-Raho, achète pour 50 livres un éthiopien appelé Ali (Ferréol Bosquéros, notaire).

Le 15 novembre 1442, Bernard Cabestany, curé de Saint-Laurent-de-la-Salanque, affranchit, avant l'époque fixée, son esclave Eulalie, qu'il avait achetée sous condition d'affranchissement (Pierre Vila, notaire).

Le 9 août 1449, Jacques Oliba, chanoine de la collégiale Saint-Jean de Perpignan, vend au prix de 50 livres de Barcelone un russe de 20 ans appelé Paschal ou Merli (Notule d'Ant. Gramatge, n° 883, f° 89, v°).

Le 28 juin 1464, Louis Miquel, chanoine d'Elne et archidiacre de Conflent, proteste contre la femme d'un teinturier qui ne lui a pas encore payé le prix d'une esclave (B. 295, f° 97).

(7) Le 12 septembre 1420, Pierre Serda, prieur des Dominicains de Collioure, achète pour le service du couvent un esclave noir baptisé, nommé Martin et âgé de 30 ans (Alart, *Notices historiques sur les communes du Roussillon*, I, p. 271).

Le 23 décembre 1448, l'abbé de Santes-Creus, achète au prix de 50 livres une femme russe de 22 ans appelée Madeleine (Siméon Camps).

(8) Le 28 juin 1372, dame Sanche dez Bach, prieure de Saint-Sauveur de Perpignan, achète pour 27 livres, Marguerite, esclave baptisée, tartare (Jacques Molines, n° 450).

Le 25 mai 1373, la prieure et les sœurs de Saint-Sauveur assemblées capitulairement, vendent pour 30 livres une esclave nommée Lucia, de race tartare, qui est impropre au service du monastère pour lequel elle avait été achetée (Notule d'André Romeu, B. 128, f° 31).

Le 14 février 1455, marquise de Montpalau, prieure de Saint-Daniel de Girone, vend pour 36 livres une circassienne blanche, de 25 ans, nommée Marie (Pierre Massot, notaire).

(9) Le 1er mars 1296, Pierre Flor, de Camprodon, procureur de Pons de Castllar, chevalier, vend à l'encan, à frère Jacques de Ollers, précepteur du Masdeu (Templiers), pour 11 livres 10 sous de Melgueil, un sarrasin nommé Azmet (Henry, *Hist. de Roussillon*, I, *Preuves*, p. 524).

Le 8 et le 23 avril 1435, Pierre de Fontcouverte, chevalier, fondé de pouvoir de son frère, Bérenger, précepteur des Hospitaliers du Masdeu, affranchit, à condition qu'ils reviendront servir pendant cinq ans, trois esclaves, Mançor, Maffumet et Georges, qui se sont sauvés à Toulouse (Pierre Baseli).

(10) Le 22 juin 1402, Jean Jou, docteur en décrets, vend à frère Barthé-

Il semble que l'esclavage a paru beaucoup plus tard en Roussillon que dans la Catalogne espagnole. Les célèbres usages de Barcelone, qui datent de 1068, renferment plusieurs dispositions relatives à la servitude; le *fuero* de Jaca l'admet en 1064 (11). Nous voyons bien qu'en 1151 on percevait à Livia un droit de transit sur les Sarrasins (12); mais il ne s'ensuit pas forcément que les individus sur lesquels cette leude était prélevée fussent considérés comme une marchandise. De très bonne heure, en effet, il intervint entre les Espagnols et les Maures des trèves à long terme et des capitulations qui assuraient à ces derniers la libre circulation dans les royaumes de la Péninsule. Or, on pouvait exiger des Maures libres voyageant pour leurs affaires des droits analogues à ceux qui étaient payés par les Juifs (13). Au surplus Livia est en Cerdagne, c'est-à-dire dans un comté qui a été de tout temps, comme il l'est de nos jours encore, plus directement soumis à l'influence espagnole.

Dans le Roussillon, ni les coutumes de Perpignan, qui passent pour être de la fin du XIIe siècle, ni les documents des premières années du XIIIe siècle relatifs au commerce de Collioure, ne permettent de constater la présence d'esclaves dans le pays. Ils durent abonder à la suite de la conquête de

---

lemy, évêque d'Elne, un sarrasin noir, baptisé, de 17 ans, appelé Georges, pour le prix de 47 livres barcelonaises (Notule de Jacques Molines, n° 490).

Le 22 janvier 1416, Maur, évêque de Catane, vend à Perpignane, veuve d'un corroyeur, pour 80 florins d'Aragon valant 44 livres de Barcelone, un tartare blanc, de 12 ans, appelé Jean (Manuel de Ferréol Bosquéros, n° 754).

(11) Florencio Janer, *Condicion social de los Moriscos de España*, Madrid, 1857, in-8°, p. 183.

(12) Et accipit comes in bajulia de Livia leddas de Cerdania et passatico, et accipit de Sarraceno II denarios, et de bestia onerata VI denarios, et de asino onerato IIII denarios, et de bestia absoluta VI denarios (Archives de la couronne d'Aragon, à Barcelone, parchemin 233).

(13) En 1207, la charte accordée aux gens de Collioure exemptait les Juifs de tous droits de péage (Alart, *Priviléges et titres de Roussillon et de Cerdagne*, Perpignan 1878, in-4°, p. 90). Il faut croire que cette disposition fut rapportée, car voici un extrait du tarif de la leude de Collioure en 1248 :

Tout Juif ou Juive, et si la Juive est enceinte, elle paie pour son enfant. . . . . 1 s. 1 d.

Tout Sarrasin ou Sarrasine. . . . . 1 s. 1 d.

Un cheval paie . . . . 20 s.

Majorque, en 1229. L'évêque d'Elne, Bernard de Berga, par son testament du 18 février 1259 (nouv. style), dispose de huit esclaves, dont six païens. Le 10 novembre 1278, un habitant de Perpignan, P. Bardoyl, vendit un sarrasin du nom de Bafumet par-devant maître Pierre Quérubi, notaire; le 28 février suivant, A. Miro, aussi notaire, intervenait dans l'aliénation consentie par un autre Perpignanais en faveur de son concitoyen Pons d'Alaman, et pour la somme de 12 livres et demie de Barcelone, d'une femme blanche appelée Alissend; les instruments rédigés à l'occasion de ces ventes sont les premiers documents de ce genre que j'aie à signaler. A cette époque ces actes sont encore rares; ils sont nombreux depuis le milieu du XIVe siècle jusque vers la fin du siècle suivant. Quelques années sont particulièrement riches : par exemple, 1370 et 1402. Après l'an 1500 la plupart des pièces que j'ai pu recueillir sont relatives à des esclaves fugitifs qui cherchaient à gagner la France. Il y avait cependant encore dans la province, et à Perpignan même, des esclaves : en 1612, en présence de Pierre Puig, notaire, Antoine-Jean Bolet, chevalier de Perpignan, affranchit de la servitude Raphaël Irlan.

L'esclavage avait subsisté pendant l'occupation française de Louis XI et de Charles VIII (14). Les traces qui pouvaient

Un palefroi paie	7 s.
Un roncin paie	5 s.
Un mulet ou une mule paie	2 s.
Une jument paie	1 s.

(B. 371, fo 168 vo, et registre non classé déposé aussi aux archives départementales).

Voici maintenant un extrait du tarif de la leude de Querol, dressé en 1288 par frère P. de Camprodon, de l'ordre du Temple, procureur royal :

Item, tout Juif étranger qui passe dans l'un ou l'autre sens	1 s.
Item, toute Juive	1 s.
Et si elle est enceinte	1 s. 6 d.

(Registre 1er de la Procuration de Majorque, coté auj. B. 138, fo 73).

(14) Le 21 septembre 1462, Pierre de Nocelles, écuyer d'armes de la compagnie de Clermont, ayant trouvé une esclave circassienne, appelée Catherine, enfuie de Perpignan, la vend pour trente florins d'or d'Aragon à François de Cardone (Jean Sala, no 1976).

Le 3 juillet 1490, Sébastien de Corssa, écuyer, maître d'hôtel du roi de France, affranchit Madeleine, esclave turque, de 24 ans (B. 325).

en rester disparurent au moment de l'annexion définitive du Roussillon et les recueils de la jurisprudence du Conseil souverain ne signalent aucun arrêt sur cette matière (15).

On devenait esclave par la naissance. L'enfant d'une esclave né hors mariage suivait la condition de sa mère. On trouve dans les registres de notaires des exemples nombreux de ventes d'esclaves mères ou simplement enceintes avec leurs enfants (16).

Peu importait que le père fût un homme libre, ce qui était d'ailleurs le cas le plus fréquent. C'est ainsi qu'un jour, le 29 juillet 1429, Catherine, esclave sarrasine de Guillaume Verdera, docteur en droit, attesta que le fils qu'elle avait mis au monde un mois auparavant était né des œuvres d'un menuisier d'Elne; Guillaume Verdera affranchit l'enfant (17). Le 19 novembre de l'année suivante, un huissier de la cour du bayle de Perpignan acheta d'un épicier de la même ville la liberté du fils qu'il avait eu d'une esclave de ce commerçant (18).

En ce qui concerne les enfants procréés en légitime mariage, leur condition devait évidemment être déterminée par

---

(15) Un formulaire de notaire rédigé suivant toute vraisemblance à Barcelone en 1615, et qui est déposé à la bibliothèque municipale de Perpignan, renferme des modèles d'actes pour l'affranchissement, pour la vente des esclaves, etc.

(16) Le 9 janvier 1411, Raymond Ademar, tisserand de Perpignan, vend à Jean de Mas, licencié en décrets, « quandam servam meam pregnans cum pregnatu quem dicta serva gerit in utero; » cette esclave est sarrasine, âgée de 19 ans et est vendue 50 livres de Barcelone (Manuel de Bér. Péréta, n° 1371).

Le 10 janvier 1459, Constance de Perapertusa, prieure de Saint-Sauveur, affranchit Catherine, esclave circassienne, et l'enfant qu'elle porte en son sein (Bernard Çatorra).

Le 2 mai 1505, Pierre de la Til vend à Jean Pou, de Mataró, au diocèse de Barcelone, pour cent ducats d'or, deux esclaves dont l'une, Yolans, est noire, originaire du royaume de Valence et âgée de 18 ans, et dont l'autre, Isabelle, est blanche, âgée de 20 ans, originaire de Malaga et enceinte; celle-ci est cédée « cum pregnatu quem in utero suo gerit, sive sit masculus sive femina, et sive sit unus, sive plures » (Jean Mas).

(17) Manuel de Jean Roure, n° 2180.

(18) Manuel de Pierre Baseli, n° 1434.

celle du père (19) ; mais je regrette de n'avoir pas d'exemple à citer à l'appui de cette assertion.

On tombait dans la servitude lorsqu'on était fait prisonnier de guerre. En général, les ennemis de la foi étaient seuls traités aussi sévèrement. La loi *de las siete partidas* d'Alphonse de Castille est formelle à cet égard (20). C'est pour ce motif sans doute qu'un juriste catalan du xv° siècle pense que ceux-là seuls seront esclaves qui seront pris dans une guerre déclarée par le Pape ou l'Empereur, c'est-à-dire par les deux chefs de la chrétienté (21). Quoi qu'il en soit, on appliquait rigoureusement ce principe aux Maures saisis sur les champs de bataille ou dans les guerres de courses.

On l'étendit aussi exceptionnellement aux soldats des puissances chrétiennes, dans le cas d'une simple guerre nationale. En 1390, Jean d'Aragon défendit de rendre la liberté aux pillards, hommes d'armes des compagnies et autres qui seraient pris par ses sujets; ceux-ci pouvaient les vendre comme esclaves; mais ils ne devaient débattre le chiffre de la rançon qu'après la fin des hostilités (22).

On perdait enfin la liberté en punition de certains crimes. C'était la peine édictée par une constitution de Jacques d'Aragon en 1233 contre les juifs qui embrasseraient la religion mahométane et contre les sarrasins qui se convertiraient à la loi de Moïse (23). Mais il est fait surtout mention de ces *servi pœnæ* du droit antique dans les commentateurs.

Telles sont les causes légales de l'esclavage, à côté desquelles il y a les causes de fait, beaucoup moins avouables.

(19) Le 2 octobre 1419, une esclave, qui était mariée depuis trois ans et demi à un homme libre, fut affranchie par son maître *avec toute sa descendance*; mais c'est là, j'en suis persuadé, une simple formule de notaire, à laquelle il ne faut pas ajouter d'importance. Les enfants légitimes issus de ce mariage étaient francs de plein droit.

(20) *Las siete partidas del rey don Alfonso el Sabio*, édité à Madrid en 1807, in-4°, par les soins de l'Académie royale, IV, xxi, loi 1.

(21) Jean de Socarrats, dans son commentaire sur le livre de Pierre Albert. Jean de Socarrats, vivait du temps de Jean II d'Aragon (1425-1479); son livre fut imprimé à Lyon, 1551, in-f°.

(22) Archives municipales de Perpignan, *Livre des provisions*, f° 113. Voir aux pièces justificatives.

(23) De Gazanyola, *Histoire du Roussillon*, p. 168.

Ce n'était pas la guerre, en effet, qui approvisionnait d'esclaves les marchés ; la plupart de ces malheureux avaient été achetés en Orient. On sait que les nefs catalanes sillonnaient au xive siècle les mers du Levant. Les relations commerciales de Perpignan étaient notamment des plus étendues. Les pareurs ou fabricants de draps de la capitale du Roussillon envoyaient sur les points les plus reculés du littoral Méditerranéen les produits de leurs fabriques. Ils confiaient leurs ballots aux patrons des barques, qui allaient échanger ces tissus renommés contre des épices, des soieries, du pastel, de la garance, des esclaves.

Dans les premiers temps, les esclaves étaient sarrasins : c'étaient des prisonniers de guerre sans doute ou des captifs que de hardis corsaires enlevaient sur les côtes de l'Afrique ou de l'Espagne musulmane. Après 1350, la plupart étaient de race tartare, quelques-uns de race grecque, bosniaque ou bulgare ; au xve siècle un grand nombre étaient russes ou circassiens ; on trouve aussi des éthiopiens et quelques turcs, et, après Christophe Colomb, des américains ; l'un de ces derniers, enfant de 12 ans, natif de Carthagène « dans la terre ferme des Indes, » fut inhumé, le 24 novembre 1639, dans un cimetière de Perpignan (24). Les actes de vente font généralement connaître la nationalité de l'individu qui faisait l'objet du contrat ; mais les notaires n'avaient pas toujours des notions bien précises sur l'ethnographie, et les renseignements que fournissent leurs registres sont parfois singulièrement vagues : un tel de la nation des jaunes, ou barbare de nation ; de la nation des gris, « *de natione sardorum* » se rencontrent fréquemment. «*Nacionis de Malaga*, » dit le rédacteur de l'un des derniers actes que j'ai trouvés, à propos d'une pauvre fille de vingt ans, Isabelle, vendue à un habitant de Mataró.

Les recueils de constitutions, les coutumes et les anciens coutumiers du pays ne fournissent guère d'indications sur la condition des esclaves, sans doute parce que ceux-ci ne fu-

---

(24) Tout porte à croire que cet enfant était esclave; l'officier qui fait la déclaration l'avait reçu en dépôt : « Habebam commendatum quendam nigrum..... » (B. 390).

rent jamais assez nombreux en Catalogne pour qu'il fût nécessaire de régler par des lois spéciales le sort de cette classe, qui était considérée comme une exception et qui était placée d'ailleurs tout à fait en dehors du droit commun. J'ai eu l'occasion de remarquer que le développement de l'esclavage en Roussillon avait coïncidé avec la diffusion du droit de Justinien. L'esclave fut régi d'après le Digeste, qui suppléait aux coutumes locales.

Les esclaves n'étaient pas personnes civiles. La *capitis deminutio* subsistait contre eux dans toute sa rigueur. Ils n'étaient capables ni de léguer par testament, ni d'intervenir dans un contrat quelconque. Nous avons vu des femmes esclaves faire connaître par serment le père de leur enfant; dans le premier des exemples, l'esclave ne parle que du consentement de son maître; dans l'autre, le maître lui prête l'autorité de son serment.

L'esclave avait-il un pécule? Oui, et la preuve en est qu'il pouvait être frappé d'une amende, qu'il était parfois institué légataire (25), enfin que l'affranchissement s'étend non-seulement à sa personne mais encore à ses biens (26).

Les violences dont il était l'objet ne donnaient pas lieu de sa part à une action civile; mais le maître poursuivait la réparation du dommage qui était causé à sa chose, et si les sévices étaient suivis de mort, cette mort était rachetée au moyen d'une composition dont le chiffre variait suivant la valeur de l'esclave (27).

L'esclave pouvait se marier avec l'autorisation de son

(25) Le 22 décembre 1370, dame Guillemine Carboneill, de Perpignan, lègue : « ..... et à Claire, esclave dudit Pierre Tays, quarante sous » (Notule de Jacques Molines, n° 443, 2ᵉ partie, f° 70).

Du 22 juillet 1432, testament de Gispert de Tregurans, chevalier, seigneur de Paracols : « Item, lego amore Dei viginti libras barcinonensium que dentur et distribuantur inter servitores, servos et servas meas... » (Notule de Siméon Descamps, n° 835).

(26) Le 26 octobre 1402, Jacques Raseres, marchand de Perpignan, affranchit son esclave russe Agnès « et omnia bona sua *presencia* et futura » (Notule de Ferréol Bosquéros, n° 728, f° 103).

(27) Cela résulte d'un article des Usages de Barcelone, intitulé *Malefacta*. Ces usages ont été en vigueur dans le Roussillon depuis le milieu du xivᵉ siècle environ; c'est pour ce motif que je les cite.

maître, ce qui est d'autant plus naturel que le mariage était surtout, aux yeux des hommes du moyen âge, un sacrement et que les esclaves étaient le plus souvent chrétiens. Un notaire du xve siècle nous a conservé le curieux contrat de Pierre la Violeta, scieur de long, avec Catherine; celle-ci, qui avait épousé Pierre depuis trois ans et demi, appartenait à un marchand de Perpignan et fut par ce dernier affranchie et dotée le jour du contrat (28).

Les causes relatives aux esclaves ressortissaient, suivant leur nature, à diverses juridictions. Les procès sur les esclaves en tant que marchandises étaient portés devant le Consulat de mer, qui était un tribunal de commerce (29). Si l'esclave plaidait pour recouvrer la liberté, il était justiciable du viguier de Roussillon; mais son procès pouvait être évoqué à l'Audience Royale (30). En juin 1402, une esclave qui cherchait à se réfugier en France et qui prétendait être libre, fut saisie à Montesquiu par le bayle de cette localité, dont la seigneurie appartenait à la puissante famille d'Oms, et jetée dans les prisons du château. Le procureur fiscal requit le viguier de réclamer la fugitive, en vertu des stils de la viguerie, des pragmatiques et aussi du droit naturel; car il n'était pas rationnel que les étrangers qui avaient perdu leurs esclaves fussent réduits à courir tout le Roussillon pour s'enquérir auprès des bayles seigneuriaux (31). Lorsque le

---

(28) Contrat de mariage du 2 octobre 1419, dans la Notule de Jean Roure, n° 2181, et dans le Manuel du même, n° 2180. Le Manuel est le registre minutaire, le brouillon; la Notule est le registre sur lequel sont couchés les actes dans leur forme définitive.

(29) Du 23 mars 1415, transaction au sujet d'une esclave pour laquelle un procès était déjà engagé devant le Consulat de mer (Siméon Camps).

De l'année 1488, procès devant les consuls de mer entre un pareur et un marchand, qui ont le premier, vendu, le second, acheté une esclave nègre, pour le prix de 40 livres (Registre non classé des archives du tribunal de commerce de Perpignan).

(30) Le 9 juillet 1435, Marie, reine d'Aragon, lieutenante générale pour le Roi, évoque à l'Audience Royale la cause de Catherine, « très pauvre et misérable personne, tenue en servitude comme esclave » (B. 247).

(31) Notule de Ferréol Bosquéros, n° 728, f°s 47-68. L'article 22 des stils de la viguerie de Roussillon donne raison au procureur fiscal : « [I]tem, servi fugitivi et serve fugitive, ubicumque infra dictam vicariam Rossilionis et Vallispirii reperiantur seu capiantur, ad dictam curiam solent et debent

Domaine était directement intéressé, c'était la Procuration
qui intervenait pour le règlement des difficultés : tel était
le cas si l'on considérait les esclaves comme épaves (32).
C'est au procureur royal que l'on déclarait comme biens
vacants les esclaves sans maître; les séquestres s'adressaient
à ce même officier pour les faire vendre au profit du trésor.
Les pragmatiques qui délimitaient sur ce point les attribu-
tions du viguier et du procureur royal sont vagues, sinon
contradictoires, et il n'est pas étonnant que leur application
ait donné lieu à des conflits de juridiction. Tantôt le procureur s'est occupé d'esclaves qui se réclamaient de leur qualité
d'hommes libres pour circuler à leur gré (33), et tantôt le
viguier a prétendu statuer sur le sort de captifs trouvés sans
maître (34).

La bastonnade paraît avoir été la peine ordinaire des
esclaves. On condamnait à perdre le poing ceux qui falsifiaient
le safran. Lorsqu'une sentence capitale était prononcée contre
eux, on les brûlait, à Perpignan, sur les berges de la Tet.
Mais ces exécutions étaient, à ce qu'il paraît, assez rares. La
Procuration réclamait le condamné et le déclarait propriété

---

remitti et remitti antiquitus est consuetum. Et ibi restituuntur dominis eorum
solventibus tamen prius et ante omnia vicario jus aquarum, hoc est unum
morabatinum auri pro singuli (sic) et pro qualibet aqua nevali sive neval quam
pertransiverit dictus servus aut serva, de loco domini a quo fugierit usque
ad locum in quo repertus et captus fuerit. Et ita utitur et uti consuetum est
antiquitus in dicta curia et vicaria jam dicta » (B. 346, fo 16, vo).

Les esclaves des clercs étaient, paraît-il, du for ecclésiastique (Xammar,
Rerum judicatarum in sacro regio senatu Cathaloniæ......, Barcelone, 1657,
in-4o. Décision 28, p. 160).

(32) Du 18 juillet 1609, lettres enjoignant aux huissiers du Domaine de se
rendre à Collioure et de sommer le bayle de cette localité de délivrer au
lieutenant du procureur royal un esclave maure sans maître, attendu que
tous les biens vacants, les esclaves sans maître, les juifs, maures et autres
appartiennent au Roi (B. 439, fo 200, vo).

(33) Le 3 septembre 1420, le procureur royal de Perpignan mande au
bayle et au juge d'Argelès de remettre à l'huissier deux femmes que l'on dit
être de Raguse « de la qual captivitat no esta ferm ni es estat conegut » (B.
219, fo 99).

(34) Du 12 octobre 1442, sommation faite au viguier de Roussillon de la
part du procureur royal d'avoir à révoquer tous les ordres donnés au sujet
d'un esclave tartare saisi comme bien vacant et acquis au Domaine, le procureur ayant seul qualité pour connaître de cette affaire (B. 262, fo 118, vo).

du Roi. C'est ce qui arriva en 1422, à propos d'un sarrasin qui avait échangé au baptême son nom d'Ali contre celui de Georges; les officiers le conduisaient au bûcher quand survint le bayle royal de Perpignan qui le gracia sans autre forme de procès et le confisqua au nom du procureur fiscal et au profit du Roi. Le maître de Georges, qui était un négociant de la ville, intenta au Domaine une action civile pour faire valoir ses droits de propriété; la Procuration jugea l'affaire et débouta naturellement le demandeur (35).

La plupart des esclaves étaient baptisés, et les notaires consignaient cette particularité dans leurs actes (36). On reconnaît d'ailleurs les païens à leur nom : Ali, Bafumet, etc. Presque tous ont des noms chrétiens : Georges, Martin, Marthe, Marie, Lucie, Madeleine, Antoinette, etc. On ne peut douter que cette communauté de croyances, la participation aux mêmes mystères n'ait exercé, en fait, une heureuse influence sur le sort de cette classe. Déjà, en 1064, le *fuero* de Jaca proclamait que les esclaves étaient des hommes et non des bêtes. Il ne pouvait en être autrement, étant donné la place prépondérante que la religion tenait autrefois dans les esprits. Aussi certains affranchis restaient-ils volontairement dans la maison de leur ancien maître (37).

En droit, une grande différence séparait le mécréant, libre ou non, de l'homme que le baptême avait introduit dans la famille chrétienne. De la part du premier certaines fautes, notamment le commerce charnel avec un individu baptisé, étaient empreintes d'un caractère de gravité qu'elles n'avaient pas lorsqu'elles étaient commises par le second (38).

---

(35) B. 225, fᵒ 6.

(36) En 1402 (sans date de jour ni de mois), Jean Ermengaud, pareur de Perpignan, vend à François Ferrer, peintre de ladite ville, un esclave bosniaque, « patarenum sive non baptitzatum, » appelé Brac, pour 34 livres 15 sous (Notule de Jacques Molines, nᵒ 490).

(37) Le 3 mai 1441, Laurent Redon, bourgeois de Perpignan, qui a affranchi son esclave Jean, de race éthiopienne, à condition que ce dernier servirait pendant six ans, reconnaît qu'il a servi dix ans (Notule d'Antoine Gramatge, nᵒ 872).

(38) Du 12 avril 1315, lettre de Pierre d'Aragon sur le fait d'un maure nommé Azmet Sarahi, qui a couché avec une chrétienne, ce qui est un crime énorme et de fort mauvais exemple (Florencio Janer, *op. cit.*, p. 207).

Un juif ou un païen ne pouvaient pas garder un esclave chrétien : s'ils possédaient un esclave païen et que celui-ci vînt à se convertir, il était libre de plein droit, sauf à payer à son maître une indemnité illusoire et purement symbolique (39).

Les esclaves étaient employés, comme on l'a vu, aux travaux de la terre, mais ils exerçaient aussi différents métiers. Les usages de 1068 reconnaissent qu'un grand nombre étaient fort habiles. On les fit travailler dans les fabriques de Perpignan, chez les pareurs, les cotonniers (40), les teinturiers, les peaussiers. A partir de 1438, un règlement municipal défendit aux pareurs de Perpignan de les admettre dans leurs manufactures (41). Il y en avait enfin qui ramaient sur les galères (42) et qui étaient occupés dans les chantiers de construction de l'escadre royale (43).

Les femmes esclaves étaient plus nombreuses que les hommes, sans doute parce qu'il était plus facile aux marchands

Le 10 avril 1498, le vicaire général d'Ebre donnant à deux prêtres le pouvoir d'absoudre les cas réservés, excepte, entre autres, celui dont nous venons de parler (Liasse non cotée des archives départementales).

(39) La loi des *Siete partidas* (ıv, xxı, loi 8) contient des détails curieux à ce sujet. Je cite quelquefois cette loi, non pas qu'elle ait été en vigueur en Roussillon, mais parce qu'elle fait connaître l'état général de la législation en Espagne. Thomas Mierès, qui écrivait en 1439, lui a emprunté toutes les dispositions que je viens de signaler, dans son *Apparatus super constitutionibus Cathaloniæ*, Barcelone, 1621, in-fo, I, c. 38.

(40) Le 11 août 1451, Martin, ancien esclave affranchi, se loue pour trois ans chez Etienne Béatriu, cotonnier de Barcelone, pour travailler de son métier et gagner les 40 florins qu'il doit à son ancien maître (Marc Godall, no 1701).

(41) Archives municipales de Perpignan, *Livre des ordinations*, fo 279. Ce règlement est analysé dans Rigau, *Recollecta de tots los privilegis de la vila de Perpinya*, Barcelone, 1510, in-4o, fo 34, vo

(42) Le 1er février 1589, le roi d'Aragon écrivant au capitaine général de Catalogne, nous apprend qu'en 1566 une galère de Thomas Lupia, noble roussillonnais, se perdit; il échappa au naufrage soixante hommes seulement; les autres se noyèrent, *tant esclaves que forçats* (B. 375, fo 257, vo).

(43) Le 3 septembre 1586, le capitaine général mande au procureur royal à Perpignan de renvoyer deux esclaves dont l'un s'est enfui des *Atarazanas* (docks) de Barcelone, et dont l'autre servait à bord de la galère Sainte-Barbe, de l'escadre d'Espagne (B. 378, 209, vo). Le 29 mars 1597, nouvel ordre semblable pour un esclave blanc, nommé Cayn, échappé des Atarazanas (B. 378, 217).

qui faisaient la traite de les enlever. Elles servaient dans les
maisons des bourgeois en qualité de domestiques et il paraît
qu'elles volaient fréquemment leurs maîtres (44).

Durant la seconde moitié du xve siècle il fut de mode de
les louer comme nourrices. Cet usage eut une grande vogue et
presque tous les actes du temps relatifs aux esclaves femelles
spécifient qu'elles peuvent nourrir : « habentem lach, cum
lacte, » disent les notaires.

Je dois ajouter que l'on demandait ou plutôt que l'on impo-
sait aux captives de ces services que réprouve la morale.
C'était surtout vers 1450. A cette époque la plupart d'entre
elles venaient des bords de la mer Noire. Elles étaient jeunes
quand elles abordaient sur la plage du Roussillon ; elles
étaient blanches, les notaires le constatent, et elles devaient
être belles, d'une beauté calme et rêveuse d'autant plus frap-
pante qu'elle contrastait avec la vivacité et l'exubérance catalanes. Que l'on se figure de pauvres filles, isolées et sans
appui, livrées, dans ces conditions, au caprice d'un maître tout
puissant, et cela dans un pays où le ciel est ardent, où les pas-
sions sont plus ardentes encore. Les bourgeois de Perpignan
abusaient de leurs esclaves ; quelquefois ils affranchissaient la
mère et l'enfant ; plus souvent ils vendaient l'une comme
nourrice et envoyaient l'autre à l'hôpital.

Il y avait en 1456 , à l'hôpital Saint-Jean, cinquante nourrices pour les enfants issus de ces unions (45). Et cependant,
l'année précédente, l'autorité municipale s'était émue de ces
abus scandaleux et le bayle avait fait crier par les rues de la
la ville un règlement destiné à y remédier. Ce curieux règle-

(44) Du 10 juin 1377, défense faite par le bayle de Perpignan de rien rece-
voir des esclaves sans l'autorisation de leur maître (*Livre des ordinations*
déjà cité, f° 129).

Le 7 septembre 1402, Bernard Clément, notaire de Perpignan, donne pleins
pouvoirs à Guillaume Riera, menuisier, pour se faire livrer Antoine, esclave
sarrasin qui a disparu, et tout ce qu'il a emporté (Notule de Ferréol Bosquéros, n° 728, f° 93, v°).

Le 22 juin 1449, Jean Falguers, apothicaire de Perpignan, affranchit son
esclave circassien, Jean, âgé de vingt-deux ans, qui sera libre après avoir
servi durant douze ans à dater du 1er août, sans fuir, sans voler ni désobéir
(Manuel d'Ant. Gramatge, 882, n° 76, v°).

(45) Rubriques de Puignau, notaire, VIII, f° 112, v°.

ment nous apprend que les rentes de l'hôpital étaient employées
à l'entretien des bâtards de gens aisés ou de leurs esclaves.
Il porte qu'à l'avenir, lorsqu'un enfant sera déposé nuitamment
à cet établissement, les administrateurs procèderont sur-le-
champ à une enquête sommaire dans le but de découvrir les
parents et de leur faire supporter les dépenses de leur progéniture (46).

De longues années avant, le bayle avait pris des mesures
pour protéger les femmes esclaves, non pas contre leurs maîtres mais contre les étrangers. Un règlement du 10 juin 1377
défend, en effet, aux Perpignanais de commettre avec l'esclave
qui ne leur appartient pas aucune déshonnêteté, et ce, sous
peine de courir la ville. On sait que c'était le châtiment immo-
ral réservé par un grand nombre de Coutumes à l'adultère.
Que si quelque bourgeois s'avisait de violenter une esclave, il
devait être pendu chaque fois (*sic*), sans rémission.

Puisque nous recherchons à quoi on employait les esclaves,
je citerai pour finir, le cas singulier d'un huissier du Roi, qui,
en 1449, acheta l'une d'elles, une circassienne, pour en faire
sa femme (47).

Il ne nous est parvenu que bien peu de renseignements
sur le costume des esclaves. Henry signale une constitution
des corts de Barcelone en 1291, décidant qu'ils porteraient
à l'avenir leurs cheveux coupés en cercle autour de la tête,
sous peine de cinq sous d'amende ou dix coups de fouet. Les
esclaves étaient enchaînés. L'article *Sarracenis* des Usages
de Barcelone dispose que lorsque l'un d'eux sera arrêté pendant sa fuite, ses fers et ses vêtements sont attribués à la
personne qui le trouve et se saisit de lui.

Deux esclaves de Castellon d'Ampouries s'étant sauvés de

---

(46) Règlement du 15 juin 1455 (*Livre des ordinations*, f⁰ 360).

(47) Le 19 juillet 1449, Fernand de Carrion, de Perpignan, vend à Michel
de Belloch pour 3 ans, 5 mois, 26 jours, et au prix de 25 florins d'or d'A-
ragon, une esclave circassienne du nom de Catherine, âgée de 31 ans, « que
vous avez promis de prendre pour femme. » Le notaire, suivant l'habitude,
garantit l'acheteur contre toutes maladies visibles ou cachées de l'esclave.
Michel de Belloch, de son côté, s'engage derechef à épouser publiquement
Catherine (Notule d'Antoine Gramatge, n⁰ 883, f⁰ 147, v⁰).

chez leurs maîtres, avaient acheté un costume qui leur per-
mettrait, pensaient-ils, de voyager sans être reconnus. Ils
furent repris ; et comme le garde de la généralité demandait
à l'un d'eux qui lui avait ôté ses fers, il répondit qu'il les
avait lui-même brisés avec des pierres dans la montagne de
l'Albère. Il résulte de l'interrogatoire qu'on leur fit subir que
les esclaves portaient encore, au xvᵉ siècle, des vêtements
distinctifs et des chaînes (48).

Le servage assujétissait l'homme ; il l'attachait à la terre ;
mais il lui donnait du moins la stabilité et la sécurité. « Le
serf vivait plus sûr du lendemain dans sa chaumière que le
seigneur dans son manoir. » Il n'en était pas de même de
l'esclave, qui était considéré comme une marchandise. On
trafiquait de cet homme ; on le mettait à l'encan (49) ; on le
troquait contre d'autres hommes réduits à la même infor-
tune (50) ; on l'exposait sur la place publique comme on eût
fait d'un troupeau ou d'une bête de somme. La tempête ou
le sort d'un combat le jetait-il au pouvoir d'un corsaire, celui-ci en faisait sa chose, en usait et en abusait légalement,
après avoir payé au fisc le quint dû pour toutes les prises (51).

(48) B. 235.

(49) Le 11 mai 1379, Raymond Roig, pareur de Perpignan, donne pleins
pouvoirs à un de ses confrères pour vendre à l'encan ou autrement une esclave grecque, du nom de Marie, et sa fille, Catherine, âgée de 12 mois
(Manuel de Jacques Molines, nᵒ 4687).

Du 13 mai 1411, délégation pareille faite à un marchand de Castellon d'Empouries, au sujet d'une esclave grecque de 20 ans nommée Madeleine (Manuel
de Bérenger Pereta, nᵒ 1369).

Le 18 mars 1412, Pierre Calaff, de Clayra, vend à Jean Trill, dudit lieu,
Yssa, esclave noire de 28 ans, à l'encan : « Que serva fuit per me posita in
enquanto et subastata hinc inde per villam Perpiniani per Francischum Sola,
curritorem dicte ville, et demum de voluntate mea per dictum curritorem in
ipso enquanto, videlicet *a tres mots* precio infrascripto livrata, prout in ta-
libus vel similibus est fieri assuetum, vobis dicto Johanni Trill, tanquam plus
precium danti et offerenti » (Manuel de Siméon Camps, nᵒ 830).

(50) Le 8 février 1408, Georges, esclave nègre de 15 ans, est échangé contre
Catherine, esclave blanche de 13 ans, et 10 livres (Gabriel Resplant).

Le 8 août 1449, François Serra, teinturier de Perpignan, donne pleins pouvoirs à Pierre Serinya, tailleur de Collioure, pour vendre ou échanger son
esclave russe, Marie, âgée de 30 ans (Notule d'Ant. Gramatge, nᵒ 883).

(51) Le 1ᵉʳ février 1423, le greffier de la Procuration royale de Roussillon

A son passage sur certains points, au moment de sa vente, le trésor prélevait un droit de leude. Ce droit était à Perpignan, au xvi⁰ siècle, d'un sou par tête d'esclave, mâle ou femelle, pendant les foires comme en dehors des foires (52). Les frais de courtage étaient également fixés par les Coutumes : à douze deniers, par un règlement de 1291 (53).

Le prix des esclaves était d'ailleurs assez élevé. Nous en voyons cédés en 1278 à 18 livres 15 sous, en 1296 à 11 livres et demie de Melgueil. Vers 1350, le prix moyen était de 25 livres. Il s'éleva à 30 livres vers 1370, alors qu'un roncin valait à la même époque 12 livres environ. Au commencement du xv⁰ siècle, les esclaves étaient payés 45 livres par tête ; 50 livres vers 1410. En 1432 une esclave de vingt-cinq ans et sa fille, de quinze jours, furent achetées 100 livres, tandis qu'en 1435, qu'on nous pardonne ce rapprochement, une vache et son veau étaient cotés 25 livres, et qu'en cette même année 1432 deux mulets étaient vendus pour 110 florins d'Aragon et quatre mulets de Béarn pour 200 florins. En 1433 un même individu céda deux esclaves femelles pour 60 et 79 livres et une mule pour 30 livres.

Je me suis efforcé de faire connaître les cours moyens ; mais il y aurait bien des écarts à signaler. Les esclaves mâles

et de Majorque porta à la connaissance de tous les officiers du ressort qu'une nef castillane, la *Santa Maria*, ayant été prise le 12 novembre et amenée à Collioure, les marchandises et les esclaves avaient été vendus ; restait à livrer un esclave blanc nommé Martin, pour 100 florins, et une femme appelée Catherine, pour 48 livres (B. 226, f⁰ 36).

Le 28 août 1413, le procureur royal enjoint au bayle de Collioure d'exiger le *quint* « de la galiote, des maures et autres biens, pris dernièrement dans les eaux de Collioure par noble Rodrigue de Luna, commandeur du Masdeu et de Bajoles » (B. 202, f⁰ 106).

Le 18 août 1506, le procureur royal reconnaît avoir reçu du patron d'une caravelle de Barcelone 16 livres 10 sous, montant du droit du quint dû pour trois mores qui proviennent des quatre bateaux enlevés devant le port de Palamos par Raymond de Cardona (B. 376, f⁰ 9).

(52) Item, de quolibet mulo........................ XII d.
 Item, de quolibet asino........................ I d.
 Et si exiverit extra terram istam............... II d. pro exitu.
 Item, de quolibet Cerasceno et Cerascena qui vendatur. XII d.

(Tarif de la leude royale de Perpignan, dans le procès contre Joseph de Guevara, B. 371, f⁰ 158.)

(53) *Livre des ordinations*, f⁰ 59.

atteignaient les plus hauts prix, jusqu'à 200 florins en 1416.
Les femmes avec leurs enfants étaient aussi recherchées (54).
En 1400 un marchand se défit de cinq esclaves païennes; trois,
qui étaient mères, furent payées avec leur progéniture 80,
78 et 75 livres; les deux autres, 44 et 28 livres. Les enfants
seuls acquéraient de très bonne heure une valeur vénale. Ils
étaient quelquefois enlevés en bas-âge à leur mère : on en
voit de vendus à douze, onze, dix, huit ans (55). Il nous
reste un fragment de lettre d'un honnête bourgeois du xvᵉ
siècle, qui s'enquérait auprès d'un notaire de Barcelone du
cours des petits esclaves dans cette ville : il voulait en vendre
un de quatre ans, pour lequel on lui offrait en Roussillon
35 livres (56). Les malades, on le conçoit, étaient achetés à

(54) Le 19 août 1372, vente d'une esclave tartare et de son fils âgé de dix
à douze jours, pour 49 livres et demie barcelonaises de tern (Notule d'André
Romeu, B. 126, fᵒ 51).

Le 29 novembre 1376, vente d'une esclave tartare et de sa fille, de huit
mois, pour 34 livres de la même monnaie (Notule de Jacques Molines, nᵒ 453).

En 1402, vente d'une esclave bosniaque âgée de 35 ans et de son fils, de
18 mois, pour 45 livres barcelonaises de tern (Notule de Jacques Molines,
nᵒ 490).

Le 29 octobre vente d'une esclave russe de 25 ans, nommée Agnès, et de
sa fille appelée Lucie, de 15 jours, pour 100 livres barcelonaises de tern (Notule de Jean Paytavi, nᵒ 860).

— Il pouvait arriver que le vendeur se réservât de racheter l'enfant; c'est
ce qu'avait fait un nommé Nicolas Pagès; l'acheteur le fit sommer, le 21 octobre 1432, par notaire, de lui faire savoir s'il entendait reprendre un petit
esclave vendu avec sa mère; Pagès, qui avait un délai d'un an, refusa de
s'exécuter sur-le-champ, mais s'opposa à ce qu'on affranchît l'enfant (B. 250).

(55) Le 6 octobre 1370, vente d'un esclave tartare de 12 ans, nommé Alena,
pour 22 livres de tern (B. 123, fᵒ 78).

Le 25 août 1401, vente d'un esclave tartare de 13 ans, du nom de Gabriel
(Notule de Jacques Molines, nᵒ 489).

Le 12 novembre 1407, vente d'un esclave sarrasin, de 12 ans, appelé Ges-
semina, pour 45 livres de tern (Manuel de Pierre Roure, B. 186, fᵒ 16, vᵒ).

Le 22 juin 1467, vente par Julieane, femme d'Armand de la Blache, de
Marseille, d'un esclave jaune, tartare, de 8 ans, pour 18 livres (B. 284).

Le 30 avril 1492, un patron de caravelle portugais vend pour 24 ducats
d'or son esclave Jean, âgé de 10 ans, non baptisé (Antoine Pastor).

(56) « Je vous en prie, que l'esclave ait plus de 30 ans, et qu'elle ait bon
sein..... Il me reste le bâtard de l'esclave, qui a quatre ans et demi environ;
je désirerais savoir ce que l'on m'en donnerait là-bas si je vous l'adressais;
ici on m'en offre 35 livres » (traduit du catalan. B. 250).

des prix dérisoires : en 1404, une pauvre bosniaque fut cédée pour 6 livres, sans garantie. On ne trouve pas de ventes de vieillards ; à partir de 35, 40 ans elles sont rares ; je ne pourrais pas en citer une seule d'esclaves de plus de 45 ans, soit que leurs maîtres s'attachassent à eux, soit qu'on eût l'habitude de les affranchir quand ils atteignaient un certain âge, soit même que la misère tuât ces serviteurs avant l'heure. Car les esclaves vieillissaient vite : en 1581, un habitant de Bages dénonça au Domaine, comme bien vacant, un turc ou maure, de trente-cinq à trente-six ans, dont la barbe rousse commençait à grisonner (57).

Les ventes à l'encan étaient l'exception. Le vendeur et l'acheteur traitaient généralement de gré à gré, puis ils se rendaient devant le notaire qui dressait du tout un acte. Or, il s'était formé à propos de ces transactions toute une jurisprudence sur laquelle les registres des notaires fournissent des renseignements curieux.

On vendait parfois des esclaves à l'essai ; l'aliénation ne devenait définitive qu'après cet essai, pour lequel on fixait d'habitude un délai déterminé (58). Une négresse atteinte d'un mal à la jambe fut ainsi livrée le 1er juillet 1427 ; l'acheteur, un nommé B. Millas, de Villefranche de Conflent, se réservait de la rendre jusqu'au huit août si le barbier de Villefranche ne parvenait pas à la guérir ; au cas où elle mourrait, Millas en subirait les conséquences ; si, une fois rendue à son premier propriétaire, elle se rétablissait dans l'année, il s'engageait à la reprendre (59).

On peut citer des exemples nombreux de ventes à temps : quand arrivait le terme fixé dans l'acte, l'esclave devait être

---

(57) B. 433.

(58) Le 10 avril 1420, vente au prix de 58 livres par Bernard Serra, de Perpignan, fondé de pouvoirs d'un marchand de Montpellier, d'une esclave de 35 ans, déjà livrée depuis un mois (Notule de Pierre Baseli, n° 1728).

Le 4 septembre 1453, vente pour le prix de 36 livres de l'esclave russe Eulalie, âgée de 11 à 12 ans, que l'acheteur pourra rendre dans le délai d'un mois (Notule d'Antoine Gratmage, n° 892, f° 291, v°). — Le 1er octobre suivant, l'acheteur remet effectivement l'esclave, dont il n'est pas satisfait (Manuel d'Antoine Gramatge, n° 891).

(59) B. 235.

rendu à la liberté (60). C'est en quoi ces contrats différaient des contrats de louage, en vertu desquels l'esclave, au bout d'un certain temps, faisait retour à son maître. Les louages se multiplièrent lorsqu'il fut de mode de prendre des nourrices parmi les captives russes (61). On louait ces femmes très cher : l'une d'elles fut cédée en 1453 pour un an et demi à raison de 27 livres, ce qui est un loyer fort élevé si on le rapproche de la valeur de l'esclave une fois vendue. Le locataire était responsable des accidents qui survenaient à la nourrice. Il est inutile d'ajouter que le prix du louage était acquis aux maîtres (62).

Les actes stipulent ordinairement en faveur de l'acheteur des garanties assez nombreuses, pour l'observation desquelles on fournit parfois une caution (63) et qui avaient trait à la provenance et à la santé de l'esclave. S'il en est autrement, si le contrat n'est pas entouré de ces garanties, et le cas se présente quelquefois, l'esclave subit de ce fait une forte dépréciation. Les actes spécifient alors qu'il est vendu pour ce qu'il est, avec tous ses vices et maladies, « fût-il un sac d'os » (64).

Les garanties étaient, semble-t-il, nettement déterminées par la Coutume de Barcelone, car les notaires se réfèrent fréquemment à cette coutume : « *ad usum et consuetudinem Bar-*

(60) Le 19 mars 1432, vente d'une esclave bulgare, de 20 ans, appelée Catherine, qui doit être rendue à la liberté au bout de huit ans ; le prix est de 33 livres de tern (Manuel de Ferréol Bosquéros, n° 765).

(61) Le 2 octobre 1453, vente pour 6 ans à dater de la Toussaint suivante, d'une esclave russe de trente ans, Madeleine, « *cum lacte, vel sine,* » au prix de 40 livres de tern. Au bout des six ans l'acheteur devra la rendre ou en payer le prix ; jusque-là il est tenu de la bien vêtir et de la traiter convenablement (Manuel d'Antoine Gramatge, n° 891, f° 163).

(62) Le 2 avril 1475, un jardinier de Perpignan reconnaît devoir à une bourgeoise de la même ville 15 sous « pour le lait que votre esclave noire, Lucie, a donné à mon fils pendant quelque temps » (Jean Miquel).

(63) Le 5 mai 1427, un marin de Collioure vend au prix de 60 livres un esclave noir ou cuivré, appelé Jean Blanch, âgé de 24 ans ; la femme du vendeur lui sert de caution (Notule de Guillaume et Jean Jaume, n° 257).

(64) Le 8 mai 1414, vente d'une esclave circassienne, Madeleine, âgée de 35 ans, « *pro tali qualis est,* » au prix de 27 livres et demie (Manuel de Siméon Descamps).

Le formulaire du xvii° siècle dont j'ai déjà parlé porte : « pro tali qualis est, morbosa vel potius *un sac de osses* » (f° 95, v°).

chinone » (65). Le vendeur garantissait d'abord l'acquéreur contre l'éviction, comme dans tous les contrats de vente, promettant qu'il soutiendrait en justice ses revendications contre quiconque le déposséderait. Il l'assurait ensuite que l'esclave était réellement en servitude, qu'il était de bonne prise et n'avait pas été enlevé en violation d'une trève, car certains patrons de barques, par exemple, vendaient en pleine paix leurs passagers africains (66). Il répondait enfin de toutes ses maladies visibles ou cachées. La garantie ne s'étendait pas, naturellement, au mal qui sautait aux yeux de tous. Ainsi, un marchand de Perpignan ayant vendu une esclave circassienne, proteste qu'il n'a pas à répondre de la fracture du bras dont elle souffre (67). Cette réserve faite, toutes les infirmités étaient des cas de rescision ; mais, suivant la Coutume de Barcelone, quatre cas entraînaient particulièrement la nullité de la vente : *l'oradura*, c'est-à-dire la folie, l'incontinence d'urine (68), le mal caduc et, chez les femmes, la suppression des règles (69). Il n'est peut-être pas inutile de

---

(65) Le 4 août 1369, vente au prix de 24 livres de Barcelone d'une esclave nommée Emma, avec garantie contre le mal caduc et tout autre vice caché, « ad usum et consuetudinem Barchinone » (Notule d'André Romeu, B. 120. f° 5).

Le 19 octobre 1415, la même formule est employée dans l'acte de vente d'une esclave éthiopienne de 20 ans, nommée Marguerite, cédée pour 55 livres (Manuel de Siméon Descamps, n° 830).

(66) C'est ce qui résulte d'un article du traité intervenu en 1323 entre l'Aragon et l'émir de Tunis, analysé par Renard de Saint-Malo dans sa *Notice sur le commerce catalan sur la côte de Barbarie*, insérée dans le *Bulletin de la société agricole des Pyrénées-Orientales*, t. VII, p. 103,

(67) Acte du 18 mars 1423, B. 227, f° 2.

(68) L'incontinence d'urine et surtout le mal caduc sont souvent cités comme des vices rédhibitoires. En mars 1324, un pareur de Perpignan vendant une esclave turque, « quandam forsanam meam turcam, » baptisée, assure qu'elle n'a pas été enlevée, qu'elle n'appartient pas au Roi, « nec mingit in lecto » (Raymond Ymbert).

(69) Des marchands de Majorque avaient acheté à François Brugat, notaire de Perpignan, pour 60 livres, une esclave russe nommée Antoinette, âgée de 22 ans, avec garantie « dels quatre vicis qui en semblants vendes posar se acostumen, ço es de mal de caure, oradura, pixar al llit e carentia de menstrues ; » eux-mêmes l'ont revendue aux mêmes conditions à mosen Jean Çacasa, chanoine de Majorque, qui leur fait savoir qu'Antoinette « no ha menstrues, per la qual raho es mal sana e indisposte. » Ils protestent le 19

remarquer que de ces quatre infirmités trois proviennent le plus souvent d'une profonde misère.

Les garanties sont parfois bizarres. Dame Agnès, femme du sire d'Alet, vendant à la date du 20 décembre une esclave russe du nom de Catherine s'engagea à la reprendre jusqu'à la mi-février si dans ce délai on surprenait Catherine en état d'ivresse. Un autre vendeur déclare qu'il supportera les dommages pouvant résulter de la fuite de l'esclave (70).

Ces clauses n'étaient pas de vaines formules ; nous voyons un habitant de Collioure reprendre une esclave vendue par lui à un hôtelier et revendue par celui-ci, parce que cette femme est atteinte d'un mal incurable (71).

Il reste à signaler au sujet des actes de vente, une clause étrange insérée dans certains de ces contrats et par laquelle le vendeur stipule que l'esclave ne pourra jamais habiter telle ou telle localité, telle ou telle contrée, qui sont habituellement la localité ou la contrée où se trouve le domicile de l'ancien maître (72).

novembre 1449 et réclament une expertise. Le 25 novembre Fr. Brugat répond qu'on ne peut l'obliger à aller à Majorque, d'autant plus que lui-même a pris des garanties quand il a acheté l'esclave (Antoine Gramatge). — Il est intéressant de rapprocher de ce qui précède les modèles d'actes de vente d'esclaves contenus dans les Formules de Marculfe, de Sirmond, etc. (*Capitularia regum Francorum*, II, col. 419, 473 et 497).

(70) Le 6 mars 1464, un boulanger de Barcelone vend pour quatre ans, au bout desquels l'esclave sera libre, Antoine Thomas, âgé de 30 ans ; si Antoine se sauve, le vendeur rendra sur simple réquisition, le prix, qui est de 16 livres (Jacques Péréta).

(71) Actes du 3 mai 1414 (Manuel de Siméon Descamps, n° 830).

Jacques Lobet, notaire de Perpignan, avait acheté une tartare de 25 à 30 ans, ayant nom Sebelia, qui s'est réfugiée à Narbonne et prétend être libre ; le 6 septembre 1402, Lobet somme le vendeur de lui faire rendre l'esclave (B. 187).

(72) Le 26 février 1425, le fondé de pouvoirs de Nicolas Vinyoles, marchand de Barcelone, vend à un boucher de Perpignan, Tudora, esclave bulgare de 26 ans ; Tudora ne pourra rester à Barcelone, sauf si elle ou ses maîtres tombent malades en passant dans cette ville ; sinon Vinyoles sera en droit de la confisquer (Guillaume Péreta).

Le 4 avril 1449, Jean Costa, prêtre de Saint-Jean de Perpignan, donne pleins pouvoirs pour vendre ou échanger Marguerite, esclave tartare de 25 ans, de sorte qu'elle soit libre après 5 ou 6 ans, mais sans qu'elle puisse jamais rentrer à Perpignan (Antoine Gramatge, n° 883. f° 18).

Aux époques où l'esclavage florissait dans la province, il existait, on le pense bien, des gens qui se livraient exclusivement au trafic des esclaves, qui vivaient de cet abominable commerce. Tel était le cas de divers habitants de Perpignan, dont l'un s'appelait Bernard Serra et dont un second répondait au nom peu aimable de Barbaroja (73). Barbaroja faisait la traite en Orient et revendait en Roussillon sa marchandise humaine. Serra faisait, s'il est permis d'employer ce terme, la commission. Il commerçait au nom de marchands de Montpellier, qui paraissent s'être activement occupés de ces transactions, ainsi que leurs voisins d'Agde et les négociants ou armateurs de Marseille (74).

(73) Le 18 mars 1420, Bernard Serra, marchand de Perpignan, fondé de pouvoir d'Olivier le Malatier, marchand de Montpellier, vend pour 69 livres de tern une esclave baptisée de 22 ans, nommée Guillemine (Notule de Pierre Baseli, n° 1728).

Le 10 avril suivant, le même vend au nom de Jean de Seriers, marchand de Montpellier, pour 58 livres, une esclave de 35 ans, appelée Madeleine, déjà livrée depuis un mois (Ibid.).

Le 14 décembre 1420, le même achète pour le compte de Jean d'Ares, marchand de Montpellier, au prix de 70 livres, Marguerite, russe baptisée de 18 ans (Ibid.).

Nous voyons encore, le 15 juin 1453, Bernard Serra vendre, comme procureur d'un bourgeois de Perpignan, un nègre de 18 ans, pour 70 livres (Notule d'Antoine Gramatge, n° 892, f° 400).

Le 31 janvier 1401, le fondé de pouvoir de Georges Barbaroja vend à un changeur de Perpignan une esclave de 11 ans, nommée Constance, au prix de 34 livres et demie (Manuel de Jacques Molines, n° 489).

Le 9 février 1407, en Sicile, Georges Barbaroja reçoit de Jean Font, marchand de Perpignan, des balles de drap, qu'il vendra dans le Levant où et comme il le jugera à propos ; il achètera ensuite des épices, de la soie ou deux esclaves femelles, de 12 à 20 ans, qu'il devra livrer en Sicile, à Aigues-Mortes ou dans un port de Catalogne (B. 250).

Le 14 mars 1412, le même Barbaroja vend pour 48 livres une esclave de 12 ans, nommée Madeleine, qui lui est remise pour le même prix le 3 janvier suivant (Manuel de Siméon Descamps, n° 830).

(74) Le 20 janvier 1402, le fondé de pouvoirs de Pierre Blandinel, marchand d'Agde, vend pour 47 livres de tern, une tartare chrétienne de 30 ans (Notule de Ferréol Bosquéros, n° 728, f° 54, v°).

Le 21 mars 1402, Firmin de la Vall, marchand de Montpellier, achète Catherine, tartare baptisée, au prix de 120 florins d'or d'Aragon, valant 66 livres de tern (Notule de Ferréol Bosquéros, n° 728, f° 39).

Le 14 juillet 1402, Amalrich Bonaut, de Marseille, patron de la nef Saint-

Ce trafic paraissait des plus honnêtes; les rudes marins catalans, les consuls même ne dédaignaient pas de s'y adonner.

Je dois ajouter que par suite du voisinage de la frontière le métier de marchands d'esclaves présentait plus de risques en Roussillon qu'au sud des Pyrénées. Aussi paraît-il s'être surtout pratiqué dans les ports de la Catalogne espagnole.

Les juifs et les païens, à qui les Coutumes interdisaient de garder des esclaves chrétiens à leur service, pouvaient en trafiquer, à condition de les mettre en vente dans les trois mois.

On sortait de la servitude par la fuite sur une terre franche ou par l'affranchissement. L'esclavage n'étant pas légalement reconnu en France, l'esclave qui se réfugiait sur le sol français y était réputé libre et son maître n'avait plus de recours contre lui. Parmi les faits nombreux qui le prouvent je citerai celui que M. de Lahondès a étudié dans un récent travail sur « un procès d'esclave au XV⁰ siècle (75). » C'est pour ce motif que Charles-Quint, aux corts de Monzon en 1553, défendit, à peine d'être condamné aux galères à perpétuité, d'exporter en France les esclaves (76). C'est encore la raison, nous venons de le voir, pour laquelle les esclaves étaient rares en Roussillon, d'où ils pouvaient gagner aisément le comté du Foix, ou plutôt les terres de la sénéchaussée de Carcassonne.

Les Catalans eurent l'idée de s'assurer contre ces fuites, comme ils s'assuraient contre la perte d'une cargaison. Il est probable que ce fut à la suite des lettres royaux de 1384 dont

Jean, achète pour 35 livres et demie une esclave « de race païenne, » baptisée, appelée Marthe (Notule de Ferréol Bosquéros, f⁰ 69, v⁰).

Le 8 juin 1405, Pierre Blandinel dont il a déjà été question donne pleins pouvoirs par acte notarié passé à Agde, pour vendre une esclave nommée Luce, qui est à Perpignan (B. 187).

(75) *Bulletin de la Société archéologique du midi de la France*, XIII, p. 335.

(76) Statuim y ordenam que qualsevol estranger o altre qualsevol personas qui attemptaran de traure los catius del present principat de Cathalunya y comptats de Rossello y Cerdanya per portar aquells en França, incorregan en pena de ser condempnats en galera tota sa vida » (*Constitucions y altres drets de Cathalunya*, I, p. 492).

il est parlé plus haut et qui autorisaient le corps de ville de Perpignan à prendre des mesures afin que « la valeur ou le prix des esclaves fût assuré à ceux à qui appartenaient lesdits esclaves. » On s'adressa dans ce but à l'administration du Général, qui était une institution provinciale dans le genre de nos conseils généraux et qui était représentée à Perpignan par un député local. Un propriétaire assurait un esclave pour une valeur déterminée. Cet esclave venait-il à disparaître, la Députation payait l'indemnité convenue et se substituait au maître qu'elle venait de désintéresser (77). C'est à elle que le fugitif appartenait désormais, et elle faisait les diligences nécessaires pour recouvrer son bien. La Députation étant chargée de surveiller la perception des impositions de la province avait des agents sur tous les chemins du pays, à cause de la levée des droits de transit. Ces agents faisaient la police des esclaves, et requéraient au besoin les officiers de justice d'incarcérer les fugitifs (78). En outre, on provoquait les dénonciations des particuliers par l'appât d'une récompense (79).

Le plus souvent, en effet, l'esclave était arrêté par un particulier; le malheureux essayait vainement d'échapper au châtiment qui l'attendait pour s'être volé à son maître (80); on l'enfermait, et on le déclarait, comme bien vacant, à la Procuration royale, à laquelle il appartenait de connaître des

---

(77) Le 22 mai 1432, un hôtelier de Perpignan et sa femme, dont l'esclave, Lucie, s'était enfuie, donnèrent pleins pouvoirs à un bourgeois de la même ville, à l'effet de réclamer aux députés et auditeurs des comptes du Général, à Barcelone, ou à Raphaël Ferrer, administrateur général du garde des esclaves de Catalogne, les 50 livres pour lesquelles Lucie avait été assurée par son précédent maître Pierre Adalbert, « qui illam posuerat in dicta custodia dicti generalis, in posse venerabilis Jacobi Seguer, deputati lochalis in dicta villa Perpiniani et diocesis Elnensis, pro generali antedicto » (Notule de Jean Paytavi, nᵒ 860, fᵒ 8, vᵒ).

(78) Le 15 juillet 1425, un garde de la généralité fait subir un interrogatoire à deux esclaves fugitifs (B. 235).

Le 23 novembre 1463, déclaration au sujet d'un esclave fugitif que le député local a fait mettre en prison (B. 408, fᵒ 15, vᵒ).

(79) Du 26 mars 1449, criée promettant trois florins à quiconque fera connaître où est une esclave russe, de 25 à 30 ans, vêtue de blanc (B. 272, fᵒ 108).

(80) Cette idée est émise dans la loi de *las siete partidas*, vII, xIx, loi 23.

causes de ce genre. Le procureur faisait rechercher le propriétaire; si on ne parvenait pas à le découvrir, l'esclave était acquis au fisc; on le vendait à l'encan et le dénonciateur, qui avait été quelquefois constitué séquestre, recevait une allocation (81). Si on trouvait le maître, on lui rendait son bien, contre paiement des frais de garde et d'un droit fixe, qui était déterminé très anciennement pour le comté de Barcelone par un article des Usages. C'était le droit des eaux navigables, *aquarum navalium*, dont le taux variait suivant le nombre des rivières réputées navigables que le fugitif avait traversées (82).

Lorsqu'il était reconnu que l'esclave était réfugié en pays étranger, on essayait parfois de plaider, d'obtenir son extradition. Mais le plus ordinairement, afin de tirer le meilleur parti possible de la situation, on l'affranchissait sous des conditions plus ou moins onéreuses (83).

Affranchir se disait souvent : *facere alforrum*, de *forum*, parce que l'affranchissement rendait à l'individu qui en était l'objet le bénéfice du droit commun, du *fuero*.

Des divers modes d'affranchissement de la loi romaine il n'était resté en Roussillon que l'affranchissement par écrit, par acte notarié.

(81) Le 11 août 1575, un habitant d'Argelès qui a arrêté un esclave en fuite demande que cet esclave soit vendu à l'encan et qu'on lui paie les frais de nourriture (B. 433, fᵒ 29, vᵒ).

(82) Henry dit dans son *Histoire du Roussillon* que l'on payait un droit des eaux à la glace; cela ne signifie rien; *aquæ nevales* est synonyme de *aquæ navales*; a bref catalan se change souvent en e (Puiggari, *Grammaire catalane*, p. 2). On peut voir ci-dessus, note 31, l'article 22 des stils de la viguerie de Roussillon; voici encore un texte qui ne laisse guère de doutes sur le sens de l'expression qu'il s'agit d'expliquer.

Le 16 juillet 1425, le député de Castillon paie au viguier de Roussillon, à l'occasion de l'arrestation de deux esclaves fugitifs, seize sous « pro jure aquarum navalium *quas predicti servi trajicerunt* » (B. 235).

(83) Le 30 octobre 1409, Jacques Gras, peintre de Perpignan, affranchit son esclave sarrasin Georges, âgé de vingt ans, réfugié en France, à condition que Georges reviendra dans les huit jours chez son maître et qu'il le servira fidèlement pendant douze ans (Notule de Bérenger Pereta, nᵒ 1367).

Le 28 novembre 1448, un bourgeois de Perpignan affranchit son esclave Jean, âgé de vingt-cinq ans, qui se trouve à Toulouse, à condition que celui-ci paiera 44 livres, à raison de 6 livres par an (Pierre Vila).

Le préambule renferme presque invariablement des considérations pieuses : c'est pour le salut de son âme qu'un maître donne la liberté à son esclave.

Quand on insérait une disposition de ce genre dans son testament, en face de la mort, il est certain que les sentiments religieux devaient être, en effet, en bien des cas le mobile de l'affranchissement. La reconnaissance pour de longs services pouvait produire un résultat semblable (84). Mais le plus souvent l'intérêt n'était pas oublié : loin de là, l'affranchissement donna lieu quelquefois à d'indignes spéculations, et certains maîtres ne rougissaient pas de vendre à l'esclave sa liberté plus cher qu'il ne leur avait coûté (85).

En général, ou bien l'esclave soldait le prix de son affranchissement en une somme d'argent payable en un ou plusieurs termes ; ou bien il était astreint à continuer ses services pendant quelques années en qualité de domestique, ou même à perpétuité à titre d'homme *propriu et soliu* (86). S'il ne paie pas régulièrement ou bien si ses services laissent à désirer, les actes stipulent d'ordinaire que l'affranchissement sera annulé *ipso facto*. Certains maîtres exigeaient encore que

---

(84) Le 23 septembre 1465, un boutiquier de Perpignan affranchit en reconnaissance de ses bons services son esclave russe Marie et sa postérité ; Marie devra servir deux ans encore (B. 235, f° 90).

(85) Le 23 septembre 1416, un habitant de la Tour-bas-Elne qui a acheté pour 200 florins Bérenger Blancha, esclave sarrasin baptisé, l'affranchit « pour l'amour de Dieu et par piété, » à condition que Bérenger lui paiera les 200 florins et continuera à le servir durant un an (Manuel de Guillaume Jaume, n° 386).

(86) Le 17 juin 1407, Jacques Baster, argentier de Perpignan, affranchit son esclave Maffumet Azap, qui devra le servir pendant cinq ans. « Volo tamen et consentio quod si infra dictum tempus quandocumque Ali de Granada, serracenus, veniebat ad partes istas pro liberando vel rescatando te, prout tibi promisit, vel transmitebat per alium vel alias et solvebat michi vel meis realiter et de facto triginta octo libras et decem solidos barchinonensium de terno, quod incontinenti tu sis liber » (Manuel de Bernard Corona, n° 920). Il semble résulter de cet acte que les Sarrasins rachetaient aussi leurs captifs.

Du 9 mai 1411, affranchissement. Voir aux pièces justificatives.

Le 21 mai 1425, dame Blanche affranchit deux esclaves, mère et fille, à condition qu'elles continueront à la servir jusqu'au mariage de celle-ci, à qui est promise une dot de dix livres si elle se marie avec l'agrément de sa mère et de sa maîtresse (B. 235).

l'esclave se mariât dans un temps déterminé (87). D'autres posaient comme condition qu'il n'habitât point tel lieu qui lui était désigné (88). D'autres encore se réservaient, en cas de fuite ou d'ingratitude, de reprendre tous leurs droits (89).

On a déjà compris que tantôt l'affranchissement sortissait, du moment qu'il était consenti par le maître, son plein et entier effet, et tantôt il ne valait qu'après un délai d'habitude assez long ou après l'accomplissement de certaines conditions (90). Mais, dans l'un et l'autre cas, lorsque le résultat était produit, l'impétrant était entièrement libre.

Il ne paraît pas, en effet, que l'affranchissement laissât subsister en Roussillon les droits de patronage. Les individus qui en bénéficiaient devenaient des ingénus, dégagés de toute obligation stricte envers leur ancien maître. Le plus souvent les notaires ont formulé leurs actes de telle façon que le doute n'est pas possible. C'est bien de la *restitutio natalium* qu'il s'agit dans ces instruments ; c'est la liberté dans toute sa plénitude qui est conférée à l'esclave. Que si celui-ci porte parfois le titre de *libertus*, s'il donne à son ancien propriétaire celui de *patronus*, ces termes se réfèrent simplement, si je ne me trompe, à leur ancienne situation respective ; il ne faut y voir qu'une preuve de déférence volontaire et de convenance, et nullement un lien légal.

---

(87) Le 11 septembre 1426, affranchissement d'une esclave du nom d'Antoinette qui devra servir ses maîtres jusqu'à son mariage ; ce mariage sera autorisé par le prieur de Saint-Estève, par frère Pierre Barques, dominicain, et par Pierre Broca, pareur, ou l'un d'iceux (Georges Barrera).

Le 5 décembre 1453, un bourgeois de Perpignan vend pour dix-huit mois et au prix de 24 livres une esclave russe appelée Quintiana, « habentem lach ; » le même jour il l'affranchit pour être libre au bout de ces dix-huit mois à condition qu'elle épousera un honnête homme, du consentement de son maître (Manuel d'Antoine Gramatge, n° 891, f° 199, v°).

(88) Affranchissement du 17 mars 1612. Voir aux pièces justificatives.

(89) Le 11 avril 1466, affranchissement d'un esclave éthiopien de 27 ans nommé Georges, qui devra servir cinq ans : s'il fuit ou s'il se montre ingrat l'affranchissement sera nul ; les causes de nullité seront appréciées par un arbitre à la nomination des deux parties (Bernard Ça Torra).

(90) Le 12 octobre 1503, affranchissement d'un esclave turc appelé Georges, qui sera libre le jour où il aura payé 24 ducats de bon or. Il paya cette somme quatre jours après (B. 345).

L'esclave n'avait pas de nom de famille; il prenait, à son affranchissement, celui de son patron.

Je dois ajouter que les affranchis paraissent avoir formé, en fait, une classe à part dans la société roussillonnaise et être restés dans une condition d'infériorité prononcée au milieu de la fière bourgeoisie des Communes catalanes (91).

(91) Le 19 avril 1441, Jean *Blau*, ancien esclave de Pierre *Blau*, maintenant libre et *ingénu*, donne pouvoir à Jean *Redon*, ancien esclave de Laurent *Redon*, actuellement libre et ingénu, pour se faire rembourser un prêt par Jean *Ros*, ancien esclave de Jean *Ros* (Notule d'Antoine Gramatge, n° 872).

PIÈCES JUSTIFICATIVES.

I.

Acte de vente d'une esclave.

Sit omnibus notum quod ego Bertrandus Arnaldi (?), apothecarius Perpiniani, per me et meos gratis et ex certa scientia, testimonio hujus presentis instrumenti firmi et perpetuo valituri, vendo et justo titulo pure et perfecte ac irrevocabilis vendicionis trado realiter de presenti vobis, Andrea Luguesii, apothecario Perpiniani presenti, pro vobis et vestris stipulanti et recipienti quandam servam meam sive sclavam vocatam Antonia de progenie Tartrorum, etatis viginti trium annorum vel circa, quam titulo empcionis habui a Bartholomeo Sagarra, mercatore cive Barchinone. Hanc autem vendicionem facio vobis dicto Andree Luguesii et vestris de dicta sclava cum pregnatu quod ipsa sclava gerit et cum juribus servitutis ejusdem et aliis quibuscumque juribus mihi competentibus in eadem et pregnatu quod gerit, quovis modo. Que jura vobis et vestris cedo atque mando et in vos et vestros et quos volueritis transfero et reduco; de qua quidem serva sive sclava et juribus suis et sui pregnatus me et meos exuo penitus et denudo et vos et vestros inde investio pleno jure, sicut melius, plenius ac utilius dici, scribi, legi ac potest intelligi ad utilitatem et commodum vestri et vestrorum, constituendo inde vos de predictis omnibus et singulis, ut in rem vestram propriam verum dominum et procuratorem contra omnes personas. Pro qua quidem serva sive sclava et juribus suis vos et vestri amodo in judicio et extra contra quascumque personas agere et experiri possitis ac valeatis, quemadmodum ego facere poteram et mihi erat licitum ante hujusmodi vendicionem. Presentem vero vendicionem et eju[sdem] jurium cessionem de dicta serva sive sclava et pregnatu ejusdem et juribus suis vobis et vestris facio precio viginti duarum librarum barchinonensium de terno, de quibus a vobis per paccatum me teneo et contentum, renuncians exceptioni peccunie non numerate et non habite et legi qua deceptis ultra dimidiam justi precii seu rei valoris subvenitur simili-

ter renuncio. Verum si dicta serva seu sclava cum ejus juribus et pregnatu hodie plus valet vel valuerit in futurum precio antedicto, illud
totum plus valens et valiturum gratis inter vivos vobis et vestris
dono donacione pura et irrevocabili que dicitur inter vivos ac diffinio
perpetuo. Et liceat amodo vobis et vestris dictam servam sive sclavam
et ejus pregnatum cum omnibus eorum juribus vendere, dare, lexare
et alias quomodolibet alienare vel transferre quibus volueritis perso-
nis et de ea et ejus pregnatu disponere pro vestro libito, voluntate
sine consilio et voluntate meis et alterius persone, quod admodum
mihi erat licitum ante presentem vendicionem. Promitens vobis pro
vobis et vestris stipulanti et recipienti quod ego et mei faciemus vobis
et vestris dictam servam sive sclavam et ejus pregnatum bonam
habere et tenere et in pace possidere, ab omni persona. Et si forte
aliquo tempore lis, questio, petitio vel demanda aut controversia·
quocumque modo vobis vel vestris aut in dicta sclava sive serva aut
ejus pregnatu vel in aliqua eorum parte simul vel divisim aut ipsorum
occasione fieret, appareret vel moveretur vobis vel vestris per quascumque personas in judicio vel extra, ipsas lites, questiones, peticiones et demandas et controversias, quocienscumque mihi vel meis
denuntiatum fuerit, in nos suscipiemus ego et mei et in legitimam
defensionem vestri et vestrorum nos oponemus, et ipsas questiones,
peticiones et demandas ducemus et pertractabimus in judicio et extra
nostris propriis sumptibus et expensis usque in finem tantum et
tamdiu donec tali sententia terminate fuerint a qua neutra pars va-
leat appellari tam agendo quam defendendo. Et si post dictam denun-
tiationem ego vel mei non opponeremus nos dicte defensioni, liceat
vobis et vestris defendere predicta; ego enim quascumque expensas
feceritis et quecumque dampna passus fueritis et sustinueritis pro
predictis vobis et vestris reficere et emendare promito, quia sic ex-
titit conventum et in pactum deductum inter me et vos in presenti
contractu. Et etiam tenebimur vobis et vestris sine fraude de vicio
abconso et eviccione ipsius serve sive sclave et ejus pregnatus ad
consuetudinem Barchinone, et de omnibus dampnis, gravaminibus,
sumptibus et interesse ex inde per vos vel vestros in causa eviccionis
fiendis et sustinendis pro predictis, de quibus volo et promito vobis
et vestris teneri. Pro quibus omnibus et singulis vobis et vestris
attendendis, complendis et servandis, ut superius dicta sunt, obligo
vobis et vestris omnia bona mea presencia et futura, et ad sancta
quatuor Dei evangelia meis manibus corporaliter tacta sponte juro,
virtute cujus juramenti promito predicta omnia et singula attendere
et complere et contra ea vel aliqua ex eis non contrafacere vel venire
aliquo jure sive causa. Que fuerunt acta et laudata Perpiniani tercia
die novembris anno a Nativitate Domini millesimo ccc⁰ lx⁰ septimo.

Presentibus Arnaldo Luguesii, notario, Arnaldo Ordis, scriptore Perpiniani, et Andrea Romei, notario Perpiniani, qui requisitus hec recepit.

(B. 116, f°s 43-44.)

II.

Vente d'une esclave.

Sit omnibus notum quod ego, Vincianus Amill, de Coquolibero, per me et meos gratis et ex certa scientia vendo et titulo vendicionis concedo et corporaliter trado tibi Guillelmo Tagelli, sartori Perpiniani presenti, ementi ac recipienti pro te et tuis perpetuo quandam sclavam meam loram, etatis triginta annorum vel circa, de nacione Tartarorum, vocatam Alaysina, quam sclavam titulo empcionis adquisivi a Jacobo Bonifay, patrono barche de Marsilia, procuratore Antonii Deodati de Marsilia, consulis Cathalanorum in civitate Marsilie. Hec itaque facio sicut melius, plenius ac utilius dici, scribi, legi ac intelligi potest ad tui et tuorum commodum et utilitatem ad bonum usum civitatis Barchinone, cedendo inde tibi et tuis racione hujus venditionis omnes acciones et jura que et quas habeo et habere possum ac debeo in predicta sclava, modo aliquo, causa, jure, titulo seu etiam racione, constituendo inde te tanquam in rem tuam propriam verum dominum et procuratorem contra omnes personas. Hanc vero venditionem et jurium cessionem tibi et tuis facio precio viginti octo librarum et unius solidi barchinonensium de terno, de quibus per paccatum me teneo et contentum. Renuntians exceptioni peccunie non numerate, non habite et recepte et doli, et legi qua deceptis ultra dimidiam justi precii subvenitur similiter renuncio. Et si predicta sclava modo plus valet dicto precio vel amodo plus valebit, illud totum plus valens et valiturum gratis inter vivos tibi et tuis dono et diffinio perpetuo. Promitens tibi quod ego et mei faciemus tibi et tuis dictam sclavam bonam habere et tenere ac in pace possidere ab omni persona perpetuo, et quod tenebimur inde tibi et tuis sine fraude de omni eviccione, dampno, sumptibus et interesse, si que vel quos te vel tuos in causa eviccionis facere sive sustinere contigerit pro predictis, nec non et de omni vicio et morbo caduco et de omni alio morbo absconso, juxta consuetudinem Barchinone; pro qua eviccione et aliis predictis attendendis firmiter et complendis, obligo tibi et tuis omnia bona mea presencia et futura. Et quod contra predicta vel aliquid predictorum non veniam mea bona fide firmaque stipulacione tibi et tuis

3

promito. Que fuerunt acta et laudata Perpiniani, xxvi die januarii anno
a Nativitate Domini м° ccc° ʟx° octavo. Presentibus testibus Guillelmo
Mercerii, Bernado Adele, notariis de Perpiniano, et Andrea Romei,
notario, qui requisitus hec recepit.

(B. 117, f° 34.)

III.

Provision royale sur les prisonniers de guerre.

Ab aquesta provisio ordona e mana lo senyor Rey qui aquelles de
les companyes qui seran presonats no sien doñats a rescat durant la
guerra, mas que puixen esser venuts per sclaus e finada la guerra
puixen esser donats a reempço.

En Johan, per la gracia de Deu rey d'Arago, de Valencia, de
Mallorques, de Serdenya e de Corsegua e compte de Barchelona,
de Rossello e de Serdanya, al noble e amat conseller nostre mossen
Gilabert de Cruilles, governador dels comtats de Rosello e de Serdanya, salut et dilectio. Sapiats que nos, per be de la cosa publica
de nostres regnes e terres havem feta fer certa ordinacio, la qual es
de la tenor seguent. Com per dar a rescat o en altra manera deliurar
durant la present guerra los homens d'armes o pilarts que los natu-
rals del senyor Rey apresonen o prenen de les gents d'armes stranyes
qui son intrades en lo principat de Cathalunya en offencio d'aquell
sia dar materia, causa e raho de durar ladita present guerra mes
avant que no faria, laqual cosa redundaria en evident dampnatge de
la cosa publica, lodit senyor Rey volent sobre aço provehir, ordona
e mana que qualsevol hom natural seu o altre, qui en sou deldit
senyor o de sa terra ara es o per avant sera, qui apresonara o en
altra manera pendra hom d'armes o pillart de lesdites companyes
d'armes stranyes o d'altres qui en la terra deldit senyor Rey en offencio d'aquella per avant (ço que Deus no vulla!) intraran no puixa
ni gos lodit hom d'armes o pillart presoner dar a alcun rescat, ans
envers si aquell haga a retenir presoner o vendre l' si mes amara per
catiu a hom mer natural deldit senyor e no a autra qualsovol persona,
e que l' comprador deldit presoner catiu puixa durant ladita guerra
vendra o revendre aquell a autre qualsovol mer natural deldit senyor
Rey. E no resmeyns que durant ladita guerra lodit presoner catiu
encarra que s' volgues reembre no puixa en alcuna manera esser
deliurat de sa captivitat, mas si, finida ladita guerra, lodit presoner
catiu reembre se volra lo comprador d'aquell lo puixa dar e admetre

l' a reemço e haverne aquell maior rescat que ultra ço que costat li haura haver ne pora. E les coses desus dites totes e sengles vol e mana lodit senyor Rey esser servades inviolablament sots pena de cors e de aver. On, com nos vullam de tot en tot que la preinserta ordinacio vengua a noticia de vostres districtuals, vos dehim e manam que, vista la present, ladita ordinacio façats publicar ab veu de crida per les viles e lochs de vostra governacio, per ço que alcun sobre lesdites coses no puixa ignorancia allegar. Dada en Barchelona, a xxvii dies de janer l'any de la Nativitat de Nostre-Senyor m ccc lxxxx. Petrus Ça Calm.

(Archives municipales, *Livre des provisions*, f° 113.)

IV.

Affranchissement d'une esclave.

In Christi nomine. Noverint universi quod nos Johannes de Pavo, domicellus, dominus loci de Apibus, et Beatrix, conjuges, deliberate et motu proprio ob Dei reverenciam ac pie consideracionis affectu et intuytu pietatis, habentesque respectum ad grata servicia per te Marguaritam captivam nostram, filiam Martre olim captive nostre de genere Tartarorum, nobis gratis impensa et favore ac contemplacione matrimonii per te dictam Marguaritam de voluntate et tractatu nostris facturi et contractaturi, Deo duce, cum Guillermo Rulli, filio Johannis Rulli, rustico loci Sancti-Quirici, et quia tu dicta Marguarita cum jam dicto Guillermo Rull, sponso tuo futuro, de presenti cum publico instrumento in posse notarii infrascripti fiendo debetis venire homines mei jam dicti Johannis de Pavo proprii et assolidati, amansati et abordati, causis et racionibus in dicto instrumento inde facturo de presenti, ut prefertur, continendis, attentis dictis serviciis per te dictam Marguaritam nobis jam dictis Johanni de Pavo et Beatrici conjugibus factis diversimode et impensis et eciam.... pacto et rettencione quod tenearis et habeas, non obstante franquesia quam tibi facimus de presenti, ut inferius describitur, morari et habitare in castro nostro de Apibus et in domo nostra nos deservire prout prius hinc ad festum omnium sanctorum proxime venturum et non amplius neque ultra, et causis predictis que ad hec nostrum animum movent et inclinant, gratis et ex certa sciencia quilibet nostrum simul vel divisim..... liberam te dictam Marguaritam, captivam et servam nostram, filiam dicte Martre, captive nostre de nacione Tarterorum, presentem et te manumitimus et manumitendo te emfranquimus, absolvimus, quitamus et liberamus a juguo, dominio et servitute et captivitatis vinculo nostri et nostrorum et cujuslibet nostrum eycimus et extrahimus ac perpetuo diffinimus te et totam prolem tuam natam et de cetero nascituram et a te decendentem et omnia universa et singula bona, jura et res tuas et tuorum, mobiles et inmobiles, presentes et futuras. Itaque amodo te et tua proles et a te de cetero decendentes et omnia bona tua mobilia et inmobilia ac se movencia scitis omnino franchi et quitii ac immunes et perpetuo absoluti ab omni jugo et dominio servitutis ac captivitatis vinculo, in quibus nobis et nostris et alteri nostrum quomodolibet teneremini quovis modo, jure, titulo et causa. Et pro inde tu et tua proles et a te decendentes et bona tua non teneamini nobis nec nostris nec alicui nostrum in aliquo genere servitutis, ymo possitis ubique volueritis ire, redire, stare et manere et vendere, donare, testari, codicillari et intestari ac alias contrahere, pacischi et alium vel alios dominum vel dominos eligere et omnia alia universa et singula facere que quelibet persona ingenua et libera ac civis romanus et sui juris effecta facere potest, tam de jure quam de consuetudine ac eciam que facere possetis seu potuissetis si nunquam nobis nec nostris nec alteri nostrum nec alicui persone subjecta esses in aliqua servitute et captivitatis genere, nullo jure nullaque accione inde nobis nec nostris nec alteri nostrum rettentis sed penitus tibi remissis, absolutis, liberatis et diffinitis totum integriter et generaliter. Et promitimus tibi ac etiam juramus per Deum quod nichil fecimus nec amodo faciemus alter nostrum quomimus predicta vel eorum aliquid tibi et tuis valeant infringique possint seu eciam revocari. Ymmo scienter et expresse renunciamus super hiis quilibet nostrum omnibus juribus, legibus, usibus, constitucionibus, consuetudinibus, statutis, foris, privilegiis, usaticis, consuetudinibus et aliis auxiliis et remediis contra pre et infrascripta in aliquo obviantibus. Et eciam per dictum juramentum promitimus [quod] predicta omnia et singula semper rata, grata et firma quilibet nostrum habebimus et volumus per nos et nostros penitus et alios quoscumque haberi et eam censeantur efficaciam et valorem [habere] ac si facta essent in ecclesia vel in judicio ac coram principe aut aliis modis et formis in similibus antiquitus observatis et a jure statutis nec in aliquo prejudicet hiis seu nosceat licet eisdem modis et formis predicta acta non sint sed omnino pro talia modis et formis predictis facta ubique habeantur nec nos nec nostri nec alter nostrum in aliquo contradicere seu agere possimus, quoniam quilibet nostrum cum presenti instrumento ubique perpetuo valituro tradendo tibi possessionem vel qua[s]y dicte libertatis in agendo seu dicendo modo quocumque contra predicta et eorum singula in judicio vel extra, cuilibet nostrum scilencium imponimus sempiternum nec tui in contrarium predictorum vel aliqua posses per aliquem conveniri

nec contra te vel predicta aut eorum singula dicendis et oponendis vel
allegandis respondere compelli possis aliquatenus nec in judicium
trahi. Et ego dicta Beatrix, uxor dicti honorabilis Johannis de Pavo,
diffinio tibi dicte Marguarite et tuis omne jus meum et totum id quidquid
et quantum juris, vocis, accionis, contestationis, peticionis et demande
habeo nunc vel in futurum in te et bonis ac filiis et filiabus tuis, ratione
dotis mee, sponsalicii, donationis, obliguationis aut alterius dotalis
consignacionis, leguati et leguatorum institucionis vel substitucionis
aut alio quocumque jure, titulo sive causa totum integriter et ut per-
fectius dici potest ut supra per dictum juramentum renunciando. Quod
fuit actum in dicto loco de Apibus, nona die madii anno a Nativitate
Domini millesimo quadringentesimo undecimo. Presentibus pro testibus Petro Serra seniore et Bartholomeo Arbossera, rusticis dicti loci
de Apibus, ac me Guillermo Jacobi, notario infrascripto, qui predicta
recepi requisitus.

(Notule de Guillaume Jaume, n° 254.)

V.

Affranchissement conditionnel par le député local.

Sit omnibus notum quod ego Jacobus Seguerii, deputatus lochalis
in villa Perpiniani et diocesi Elnensi pro generali Cathalonie, gratis
et ex certa scientia per me et meos in dicto meo officio successores
et sub pactis et condicionibus infrascriptis, afranquischo et francum
et liberum facio et voco te Bartholomeum, de nacione Xarquesiorum,
olim servum et captivum venerabilis Guillelmi Stele, magistri in me-
dicina, civis Barchinone, et nunc dicti generalis Cathalonie ex eo
quod propter fugam quam dedisti ab eodem Guillelmo Stele apud
Tholosam, ubi nunc existis, opportuit dictum generalem sub custodia
cujus existebas exsolvere stimacionem sub qua positus fueras in dicta
custodia dicto Guillelmo Stela qui jura sua et sibi competencia in te
dicto generali cessit, remisit et transtulit ab omni servitute et jugo
ipsius servitutis, in qua seu quo sis vel esse possis dicto generali
quomodolibet astrictus, obnoxius seu eciam obligatus; teque, sub
tamen pactis, condicionibus et retencionibus infrascriptis dicto generali et honoralibus dominis deputatis ejusdem et michi eorum nomine
salvis et illesis atque intactis remanentibus, et aliter non, abstraho et
eicio a manu et dominio ac eciam posse et potestate generalis predicti
et dictorum honorabilium dominorum deputatorum illius et ab omni
jugo predicto, et omnia eciam jura et omnes acciones reales et per-
sonales, mixtas, utiles et directas, et alias quaslibet que et quas dic-

tum generale et dicti domini deputati ejusdem habent et habere debent ac eis competunt, pertinent et spectant adversus et contra te premissorum pretextu, vel alias quovismodo tibi penitus definio et remitto et ab eisdem juribus et accionibus et aliis supradictis libero et absolvo et pactum de non petendo solempni stipulacione vallatum tibi facio per inperpetuum, sicut melius, plenius et utilius dici, scribi, legi ac intelligi potest ad omne tui comodum et utilitatem. Sub tamen his pactis, condicionibus et retencionibus, videlicet quod tu habeas et tenearis solvere dictis dominis deputatis generalis Cathalonie infra duos annos proxime venturos qui currere incipiant die infrascripta pro hujusmodi adipiscendis libertate et alforria viginti quinque libras barchinonensium, videlicet de medio in medium annum quartam partem dictarum viginti quinque librarum, ad quas solvendas habeas te obligare dictis dominis deputatis. Et quod, solutis per te dictis viginti quinque libris in modum predictum sis franchus, liber et alforus. Et casu quo predictas viginti quinque libras non solveris in modum predictum, volo quod presens instrumentum libertatis et alforrie, in quantum pro te facit, sit cassum et nullum et nullius eficacie seu valoris, ita quod non possit tibi prodesse nec dicto generali nocere in aliquo, et tu sis et remaneas servus et captivus dicti generalis, prout nunc es, et in illa et eadem servitute in qua eras ante presentis instrumenti confeccionem. Et sub dictis pactis et condicionibus et retencionibus dicto generali seu mihi ejus nomine salvis et illesis remanentibus, ego nomine dicti generalis dono et concedo tibi, dicto Bartholomeo puram et francham libertatem et generalem administracionem, omnium bonorum et rerum tuarum, ita videlicet quod sine obstaculo predictarum condicionum possis et valeas ex tunc emere, vendere, donare, contrahere et pacisci et in judicio stare, testamentaque codicillos et causa mortis donaciones et quasvis alias ultimas voluntates facere, vendere et ordinare, ceteraque omnia alia universa et singula peragere et liberaliter exercere que quilibet civis romanus et sui juris facere potest et debet. Promittens ulterius tibi ac eciam jurans per dominum Deum et ejus sancta quatuor evangelia meis manibus corporaliter sponte tacta predicta omnia et eorum singula, semper rata, grata et firma habere, tenere et observare et in nullo contrafacere vel venire aliqua causa vel ingenio, de jure vel de facto, clam vel palam, modo aliquo vel ratione. Acta et laudata fuerunt hec Perpiniani, die tricesima mensis julii anno a Nativitate Domini millesimo cccc° tricesimo secundo. Presentibus pro testibus discreto Johanne Simonis, notario Barchinone, Bartholomeo Finestret, textore Perpiniani, et me, Johanne Paytavi, notario publico infrascripto qui requisitus predicta recepit.

(Notule de Jean Paytavi, n° 860.)

VI.

Autre affranchissement.

Manumissio servi pro magnifico Antonio Joanne Bolet, milite oppidi Perpiniani.

In Dei nomine, Noverint universi quòd ego Antonius Joannes Bolet, miles in oppido Perpiniani populatus, gratis et ex mea serta scientia manumitto et franchum, liberum et alforrum facio et voco te Raphelem Irlan, servum et captivum meum, etatis viginti sex annorum vel circa, christianum, in oppido Perpiniani ex serva et captiva mea natum et procreatum, licet absen[tem], in posse notarii publici infrascripti stipulanti et acceptanti, et omnem prolem et progeniam (sic) ac posteritatem a te natam et nasituram, dans et concedens tibi, dicto Rapheli Irlan, et omni progeniey et posteritati tue puram et perfectissimam libertatem et alforriam, dimittens et exhimens ac nichilominus liberans te et ipsam progeniam tuam ab omni jure, jugo, dominio et servitute mey et meorum et ab omni condisione operis seu opperum tam obsequialium, servisialium et fabrilium quam aliorum inpositione. Ego enim remito tibi et tuis totum peculium, si quod habes, et omnia jura patronatûs et quamlibet alia jura concistentia in operibus obsequialibus et in successionibus et in aliis, et restituo te natalibus antiquis et juri ingenuitatis ac juri primevo (?) secundum quod omnes homines liberi nascebantur (nec erat illis temporibus manumissio introducta, cum servitus esset incognita). Has autem alforriam, manumissionem et libertatem tibi dicto Rapheli Irlan, facio et concedo pure et absolute, sicut melius, plenius ac utilius dici, scribi et intelligi potest ad tuy et tuorum commodum et utilitatem, cum hoc tamen pacto adjecto et non sine eo quòd nullo unquam tempore possis redire nec venire ac stare intus presentem episcopatum Elnensem, sub pena quod ipso facto sis servus domini nostry Regys et in cervitutem ejusdem domini nostry Regis sis, tenearis et reputes. Itaque amodo possis ire et stare ac esse ubicunque volueris et quemcunque dominum seu dominos eligere et proclamare, dum tamen intus dictum episcopatum Elnensem non ingredieris, ut est dictum, esse in judicio et testary, contrahere et passissi et omnia alia facere in juditio et extra judicium quecunque et quemadmodum quilibet civis romanus et persona libera et alforra et jury seu captivitati alterius non subjecta facere et exercere potest et debet ac si ingenus et ab ambobus ingenuis parentibus natus esses. Et sic convenio ego dictus Antonius Joannes Bolet et bona fide promitto tibi dicto Rapheli Irlan necnon et notario publico infrascripto tanquam publice et auctentice persone pro te et tuis et omnibus illis quorum interest, intererit et interesse potest vel poterit quomodo libet in futurum stipulanti legitimeet recipienti. Ac etiam juro sponte in animam meam per dominum Deum et ejus sancta quatuor evangelia manibus meis corporaraliter (*sic*) tacta predicta omnia et singula semper ratta, gratta et firma habere heaque attendere, tenere, servare et complere et in nullo contrafacere vel venire ratione ingratitudinis nec etiam aliter ex quacunque ratione sive causa. Renunsians quoad hec legi sive juri dicenti manumissionem, libertatem et alforriam propter ingratudini[s] vel aliam quamlibet causam posse revocary vel irritary et omni aly jury premissis omnibus obvianti et juri dicenti generalem renunsiationem non valere nisi precesserit especialis et omnibus alys juribus, legibus et legitimis auxilis predictis quovis modo obviantibus. Et ego Petrus Puig, notarius publicus infrascriptus, predictis omnibus presents et dictam manumissionem et libertatem a vobis dicto domino Antonio Joanne Bolet, pro dicto Raphele Irlan absente, recipiens et acceptans, ea omnia laudo cum multiplici gratiarum actione. Acta fuerunt hec in oppido Perpiniani, Elnensis diocesis, die decima septima mensis Marty, anno a Nativitate Domini millesimo sexcentesimo duodecimo. Presentibus pro testibus admodum reverendo domino Onoffrio Compter, juris utriusque doctore canonicoque Elnensi, Antonio Saboja, clerico Elnensi, ambobus dicti oppidi Perpiniani, et me, Petro Puig, notario publico ejusdem oppidi Perpiniani infrascripto qui hec acceptavi et recipi requisitus.

> (Notule de Pierre Puig, notaire apostolique et royal de Perpignan, n° 4353, f°s 4 et 5.)

BAR-LE-DUC, IMPRIMERIE CONSTANT-LAGUERRE.